MW01708324

Ce livre n'est pas fait pour être lu
mais pour être fréquenté comme
un ami proche, secret.
Vous pouvez lui demander de vous
nourrir, il vous nourrira,
de vous éclairer, il vous éclairera,
de vous émouvoir, de jouer,
il jouera avec vous le jeu le plus
mystérieux du monde, celui du hasard
qui n'existe pas.

Contes des femmes qui veillent

DANS LA MÊME COLLECTION

Contes des sages de l'Inde
Contes des sages du ghetto
Contes des sages taoïstes

ISBN 978-2-02-062845-7

© Éditions du Seuil, 27, rue Jacob, 75006 Paris, janvier 2003.

Le Code de la propriété intellectuelle interdit les copies ou reproductions destinées à une utilisation collective. Toute représentation ou reproduction intégrale ou partielle faite par quelque procédé que ce soit, sans le consentement de l'auteur ou de ses ayants cause, est illicite et constitue une contrefaçon sanctionnée par les articles L.335-2 et suivants du Code de la propriété intellectuelle.

www.seuil.com

Contes des femmes qui veillent

MARIE FAUCHER

Seuil

Sagesse des contes,

Ce livre n'est pas fait pour être lu
mais pour être fréquenté comme un ami proche,
secret. Vous pouvez lui demander
de vous nourrir, il vous nourrira,
de vous éclairer, il vous éclairera,
de vous émouvoir, de jouer, il jouera avec vous
le jeu le plus mystérieux du monde, celui du hasard
qui n'existe pas.

Posez-lui une question, inquiète
ou espérante, en tout cas intime,
une de ces questions d'au-delà de
l'intelligence que d'ordinaire on pose
à son cœur, les yeux fermés. Ouvrez-le
au hasard. Quelqu'un est là, qui vous parle.
Il ne vous dit pas seulement quelque chose
de plus ou moins intéressant, non.
Il répond à cette question que
vous n'avez même pas dite à voix haute.
Il y répond à sa manière, qui peut être
déconcertante. Mais ne grimacez pas.
Ce qui vous est dit là s'avère toujours
étrangement sensé.

C'est un jeu que l'on pratique
depuis des millénaires avec des livres
assez constamment aimés pour rester vivants, donc
agissants, malgré le temps accumulé. Nombre de
princes, avant de déployer
leurs bannières, ont ainsi consulté la Bible,

mode d'emploi

ou le Coran, ou les Védas.
Nombre de voyageurs spirituels,
d'êtres un moment perdus, un moment
trop seuls ou simplement soucieux d'éviter
un obstacle – vous et moi, en somme – ont ainsi
demandé à des contes du feu pour leur lanterne.
Et les contes leur ont donné
la lumière dont ils avaient besoin.

Pourquoi, comment, d'où viennent
les réponses ? Il ne faut pas tenter d'expliquer cela.
Il ne faut pas trop en parler non plus.
Je sais, pour les avoir fréquentés toute ma vie,
que les contes sont des vieillards immémoriaux
et bienveillants. Ils connaissent la musique
du cœur du monde. Ils répondent toujours
à nos questions, pour peu qu'ils soient interrogés
avec cette innocence dont ils sont
eux-mêmes pétris.

Gardez ce livre auprès de vous.
Ouvrez-le de temps en temps,
comme on rend visite à un ami.
Et si vous avez besoin d'un conseil,
d'une lumière sur votre route intime,
demandez-lui, par simple jeu. Fermez les yeux.
Ouvrez le livre. Ouvrez les yeux.
Remerciez qui vous voulez.

Henri Gougaud

Sommaire

Venez dans le jardin,
j'aimerais que mes roses vous voient.

Sheridan, XVIIe siècle

Et Jéhova dit : « Ce n'est pas bon que l'homme soit seul. Je vais lui faire une aide qui sera sa compagne. »

Yaschar, *Le Livre du Juste*

Alors que je me tenais sur une montagne élevée je vis un homme de haute stature puis un autre de petite taille. J'entendis comme une voix de tonnerre et il m'adressa la parole en ces termes : « Je suis toi et tu es moi – où que tu sois j'y suis – et je suis disséminé en toute chose, où que tu le veuilles, tu me rassembles – et en me rassemblant c'est toi-même que tu rassembles. »

Évangile d'Ève

Ma bonne mère,
Soyez fière de moi, je porte le drapeau.
Soyez sans inquiétude, je porte le drapeau.
Aimez-moi bien, je porte le drapeau.

Cornette Christopher Rilke

Radotage de Grand'Mère

Se croyant seule dans son fauteuil à bascule, la vieille chantait entre sa dent d'en haut, sa dent d'en bas :
« Ah, c'est drôle quand j'y pense, les oui les non qui passent dessus, passent dessous, comme la trame à travers la chaîne. Visible, invisible.
Lumière dessus, ombre dessous, dessus plaisir, dessous douleur, grande et petite, bonne et méchante, joyeuse et triste, blanche et noire, paix et combat.
Et tout à l'heure l'inverse.
Ce qui était dessus, dessous, ce qui était dessous, dessus, pour que se fassent le

tissu, le drapeau, la tunique, le linceul, la robe de noce, la robe de veuve.
Les jeux de Dieu, les jeux du Diable.
C'est oui, c'est non. C'est non, c'est oui.
Dedans il fait bon chaud, dehors dur et froid. Dehors il fait soleil et dedans triste et seul.

Ainsi chaque jour après la nuit, chaque nuit après le jour, la toile se fabrique et nous enveloppe, chacun dans son sac à viande où au fond gît un cœur.
On s'unit, on se sépare, on se déchire. On se trouve, on se perd, on se retrouve entre deux portes, à l'aube du condamné, au crépuscule du dieu.
Je regrette qu'on souffre de mon absence mais je souhaite qu'on se souvienne.
Balancier de l'horloge, navette du tisserand, je fais passer le temps qui me passe au travers, celui qui sans cesse me quitte et celui qui toujours est là.»
Puis Grand'Mère qui ne tenait plus que par un fil est partie, laissant son sac bien plié sur son fauteuil.

RADOTER : tenir des propos décousus, retomber en enfance.

Patience, patience, petite,

Disait madame Honora, qu'enfant j'écoutais quand elle avait cent ans, moi qui viens de sonner mes quatre-vingts. Elle avait connu l'ermite qui vivait là-haut à Notre-Dame-de-Beauvoir et ne se laissait jamais distraire de ses prières.

Un jour qu'il est à genoux sur son tapis d'herbes, les yeux au ciel, les bras en croix, un oiseau vient sur sa main, se lisse les plumes, pépie et chante et s'égosille si bien qu'un autre vient le rejoindre.

Un temps passe.

Tout en bécotant, voletant, tantôt l'un tantôt l'autre sur leur perchoir vivant, ils

ont fait leur nid. La femelle a pondu, a couvé. Le mâle allant venant l'a nourrie et veillée.
Un autre temps passe.
Un autre arrive, celui de l'éclosion. Les coquilles se fendillent et s'ouvrent, des becs, des têtes dodelinantes, des duvets collés collants s'en extraient, le soleil les sèche. Le père fait ses navettes nourricières, la mère mâche et vide son bec au fond des petits becs avides toujours ouverts.
Vient le temps, le jour, le grand jour où la nichée s'ébat et s'ébroue, un peu trouillarde, piétinant, sautillant.
Tout le monde s'envole.

L'ermite enfin baisse les bras.

Dieu seul, bien sûr, afin que la vie s'accomplisse, put vouloir que le Saint Homme puisse.

La marionnette

Il était une fois, tenant serrée l'anse de sa corbeille, une ample fermière à la natte en couronne. À ses côtés marchait son homme édenté et mal chevelu d'une seule et dernière boucle d'argent. Ils attendaient depuis des ans une promesse d'enfant qui jamais ne venait, et sans se quitter, sans lâcher la corbeille, cherchaient l'œuf du miracle qui jamais n'était là.

Ils étaient si vieux, marchant comme deux canards trop lourds, parlant de layette et biberon ! Le tablier de la vieille s'usait et les cordons devenaient chaque année plus courts à serrer sa taille de tour vide. Mais dans ces deux corps craquelés, ridés, noués, veillait une âme

enfantine derrière l'œil pointu toujours aux aguets, cherchant dans le ciel le moindre signe de nuage.
– Attends-moi donc, ma vieille ! J'ai beau être plus jeune que toi de quatre mois six jours, tu es là comme une hirondelle qui ne tient pas en place. On prendra bien le temps de partir !
– Et partir où, pauvre homme ? C'est ici que nous sommes et jusqu'au dernier pas de danse je chercherai l'enfant. Vieux Père d'en haut s'amuse bien à en faire tous les jours, pourquoi pas pour nous ? Tiens, viens jouer à la rivière.
– Ma vieille est folle mais patauger dans l'eau, ça me dit bien !
Les voilà au bout du pré à clapoter comme deux gamins sur leurs pieds larges de vieux fouleurs de glèbe, là, sous le grand cèdre.
– Tu te rappelles, bonhomme ? On l'a planté le jour de notre mariage.
– Eh oui. Ça va tout de suite faire des

noces d'or et tout peut arriver, alors va pas glisser, va pas tomber, mon vieil Amour.

La vieille lève le nez. Et là-haut sur la rive, à portée de ses bras tendus, pend au bout d'un fil une pomme, un cocon, un œuf, humide d'une route diamantée qui l'enroule et scintille. Et cette pigne, ce cocon, premier fruit de cet arbre qui n'avait rien donné, cette pigne, ce cocon parle.
– Mère, change vite mes langes. Je suis trempée du voyage. Donne-moi à boire, j'ai faim, j'ai soif.
La vieille, à peine étonnée, va pour cueillir cette chose qui craque comme un ventre d'araignée au bout de son fil d'or, en plein soleil. L'enfant tant attendu est là, qui se balance. Le vieux, ébahi, retient sa vieille au cul, qu'elle n'aille pas tomber de cet équilibre de jeunesse, à se hisser comme ça jusqu'au nourrisson.

C'est une petite fille à la bouille de pomme rouge, vêtue d'une soie tissée d'un azur de mistral.

Et c'est ainsi qu'à l'âge d'être grand-mère, sainte Anne reçut Marie au bout de son fil d'or, le fil de la Vierge, première petite Marion, Mariotte, Marionnette, reliée au Créateur, obéissante et docile au fil qui la guide.

Nous n'en sommes pas encore revenus. Mais ces deux vieux étaient si prêts à toute merveille qu'il n'y avait pour eux aucune place à la surprise.
La mamelle de la vieille se remplit, se tendit et l'enfant but tout son soûl, fit son rot et s'endormit aux anges.

La bête aux poules

Saviez-vous qu'un jour des femmes ont eu la drôle d'idée, ou l'envie imbécile, ou les deux à la fois, d'aller revendiquer auprès du Père Bon Dieu en lui faisant porter, en recommandé par une buse, une pétition ? Pour lui demander quoi ? Franchement, c'est si bête ! Pour lui demander que les enfants sachent marcher dès leur arrivée en ce monde. Et pourquoi pas calculer, lire et écrire, laver leur culotte et faire leur bouillie !
Le Bon Dieu, farceur, leur fait porter cette réponse :
– D'accord à condition que vous ne couchiez plus avec vos hommes.

Non seulement elles ont refusé, mais en plus elles ont renvoyé leur buse de service sans la payer, sous prétexte qu'elle n'avait pas été fichue de leur apporter une bonne nouvelle.
C'est depuis ce temps que la buse se paye sur la bête, sur les bêtes, en bouffant les poules et leurs poussins.
Voilà tout !

La couveuse

Si vous voulez mon avis de vieille en fin de course, avec dans mon sac tout ce que m'a montré la vie, il faut apprendre à ne pas calculer. C'est la poule qui couve qui me l'a appris.

La poule qui couve, elle est là, butée sur sa chaleur, à veiller dehors, à s'écouter dedans sans bouger d'une plume, large, gonflée, tout étalée. Au début, le temps de faire démarrer sa chaudière, elle ne mange ni ne boit. Elle ne dort que d'un œil, féroce, et gronde si on s'approche. Elle écoute.

Quand vous couvez votre œuf, votre petit, mes belles, vous vous écoutez, vous l'écoutez et tout va bien. Si vous vous mettez à calculer ce que vous voulez qu'il devienne, il ne vous entend plus et il a peur.

Et Renard,
à propos poules

Renard s'est fait avoir dans la mâchoire du piège en fer enfoui sous les feuilles mortes qui le camouflent, juste au passage habituel où il chope les poules.

Mais si on veut prendre Renard, il faut le tirer vif, juste, et le tuer net. Il n'est pas de ceux qui se font coincer comme ça.

Il a laissé sa patte après l'avoir séparée avec ses dents du reste de son corps. Il ne vous reste de lui que ça, cette patte seule et sanglante tandis que Renard court, boiteux, blessé mais libre. Il se terrera, se léchera, il guérira.

Aujourd'hui, il bat toujours la campagne, sur trois pattes, il lance son cri à ses amours et continue de dévorer des poules en plein midi pendant que le paysan somnole, assommé de fatigue et de chaleur.

Avec Renard, la fouine

On s'est beaucoup fréquentés avec Renard, à cause des poules. C'est vrai qu'il dévaste pendant que le ventre se détend, entre le fromage et le rot, juste comme on parle de lui.

Un jour à cette heure-là d'aller herboriser histoire de le surveiller, il coupe le chemin, lance cet œil en coin qu'on reconnaît en chacun qui prépare un coup tordu. C'est comme si on l'entendait :

– Tu ne m'as pas vu, je ne t'ai pas vu, on ne s'est pas vus, d'accord ?

– D'accord, Renard, mais qu'on ne t'y prenne plus chez nos poules ou il nous faudra te tuer.

Celui-là fut de parole mais pas le suivant qui fut une suivante, une renarde au ventre blanc allaitant renardeaux, acharnée, acoquinée à la fouine, la fouine qui se faufilerait dans le chas d'une aiguille pour saigner les poules perchées endormies. Elle emporte la tête et laisse tomber le reste, jusqu'au jour où on ne retrouve plus le reste. Renard s'est associé.

On renforce l'enclos, on vérifie. Tout est étanche. On vérifie encore, on ne dort plus, on fait le guet, on se relaie fusil chargé. La fouine nous file entre les doigts. Renard vient chercher sa livraison, disparaît quand on arme en joue, nous nargue, nous montre ses oreilles dès qu'on a l'arme au pied, nous laisse des signes de piste, une plume blanche fichée en terre. On s'installe au cœur du poulailler, on n'y voit rien, on se prend les pieds dans la rallonge du projecteur, on est fatigués, usés. Ça fait des jours que ça dure. Il y a de moins en moins de poules.

On vérifie encore et encore. Par où peut-il passer ? On n'en peut plus de faire le tour. On veille, on recharge le fusil, on s'épuise, on s'endort. On rêve qu'on l'a eu. On se réveille en sursaut dans une couette de plumes blanches, de plumes rousses. Quelle heure est-il ? On vieillit !

Alors un matin, exténués, on se dit : « Ça suffit ! Ce soir on les ignore, on fait la fête, toilette, petit festin, nappe blanche et chandelles. On laisse dormir la fouine et le renard. »
Et c'est ce qu'on fait. On ferme les fenêtres, on n'est pas là pour eux. Dans un lit de draps frais, on dort comme des anges.

Et la Fouine et le Renard ne sont plus jamais revenus !
Va savoir ce qu'on a dû ranger pour qu'ils n'y viennent plus, ni fouiner ni renarder !

C'est vrai qu'avec les bêtes,

On se demande comment elles savent !

En un temps où j'étais enragée, toute seule et colère d'être délaissée, une des chèvres, la plus garce il est vrai, ne ratait jamais sa patte merdeuse dans le seau de lait une fois qu'il était plein, et si en plus elle pouvait y faire tomber des crottes elle était bien contente.
Une fois, d'une de ses cornes fines elle m'écorche et m'ensanglante la tempe. Je gueule, me lave à la fontaine. Le lendemain, j'arrive, prudente, comme d'habitude. De la même corne elle me

poignarde la gorge. Je suffoque. Une colère de feu m'assassine. Elle renverse le seau. Je laisse tout, je m'en vais, je me lave.
Et puis je me demande, quand même, qu'est-ce que j'ai donc qu'elle renifle et qui la fait si méchante ?

Alors je me suis rangée. Je ne me suis pas grondée mais j'ai remis chaque chose à sa place, ma colère est tombée. J'ai pensé autrement et plus jamais elle ne m'a chié dans le seau. À nouveau elle me léchait quand j'avais mon nez dans son flanc battant et chaud.
Va savoir !
Depuis, j'éteins mes incendies. Ça dérange trop mes bêtes. Parce que si on veut les gouverner il faut savoir se gouverner.

Surtout que si on va bien,

Tout va mieux.

Quand les chevreaux sortent bien du ventre de leur mère et qu'on a tout fait bien, le bouc, la chèvre et nous, quand tout le troupeau est là au râtelier et non à la balade, tout le monde est à l'écoute et s'en mêle. Les chèvres et même le bouc répondent par petits bêlements au bêlement du travail. Quand sort le petit, que sa mère l'appelle à légers cris tremblés, qu'on lui nettoie ses nasaux tout glaireux, qu'on le dégage, alors très vite il répond et pousse son cri de naissance. Et dans la chèvrerie, c'est la grand-messe, l'Alléluia et les grandes orgues du Bouc.

Et on est bien contents !

Un jour, une a fait son chevreau sans un mot, sans un chant, et le petit restait muet sans avoir idée de téter. Il a fallu gueuler nous-mêmes pour faire gueuler la mère pour qu'il gueule, et tète enfin.
Il faut bien s'entendre pour aller dans la vie.

Entre elles, bribes

A*utour de la table en épluchant les légumes :*

Je lui dis toujours : ne montre pas tes semelles, bonhomme, ça fait pleurer les enfants.

Quand un homme hurle, il faut savoir se taire.

L'homme lève la tête et baisse son pantalon, la femme relève ses jupes et baisse la tête.

J'ai entendu ce fou de Pierre, l'autre jour sur son tracteur, qui croyait que je ne l'écoutais pas. Il disait à son dernier-né

qui va sur ses seize ans et ne le quitte pas d'une botte :
– Nous, on sait quand il faut semer. Quand la terre est amoureuse. Et pour savoir quand couper le blé, quand il est mûr, on l'écoute. Il craque.

Un enfant passe, mal embouché, geignard. Sois bien sage, comme ça tu feras de beaux rêves et le Bon Dieu ne fera plus de cauchemars.

La peau de mon petit est du velours, chante la hérissonne.

Le bonnet d'âne, ce n'était pas pour les punir, c'était pour leur apprendre à bien dresser l'oreille pour entendre ce que sait l'âne, et Dieu sait s'il en sait !

Pour que tu deviennes grand, je t'apprendrai à aimer tout le monde, chacun et tous mais personne.

L'herminette

Dans la vallée, à la ferme, il y a Paul, Louise, et leur fille Madeleine.
Un soir, en rentrant de l'étable, Paul tire sa chaise au bout de la table, et devant son écuelle fumante, tout en se taillant une tranche, il dit à Louise :
– Il serait peut-être temps de marier la fille, non ?
– Oui, j'y pense, Paul, j'y pense.
Puis il avale la soupe tant qu'elle est chaude.
Fin mai vient un Étienne, grand, roux, pour donner la main à la première coupe de foin. Il trouve Madeleine toujours près de lui, gentille comme tout dans sa blouse croisée, avec ses deux barrettes sagement rangées sur chaque tempe, et ses petits

yeux beiges qui le regardent tout le temps. Il la demanderait bien à ses vieux pour peu qu'elle soit intelligente.

– Oh pour ça, dans la tête elle en a.

Et chacun rêvasse en sauçant sa daube. À la fin, quand les hommes se curent les molaires avant de replier l'Opinel, la mère envoie Madeleine chercher une cruche de vin.

À la cave, elle installe la cruche sous le robinet de la barrique, et comme elle ne va pas rester là à ne rien faire le temps que le pot se remplit, elle regarde si tout est bien dans l'ordre. Et voilà qu'elle voit, au-dessus de sa tête, le tranchant d'une herminette plantée là, dans la poutre. Alors, soudain bouleversée, elle ferme le robinet et se met à pleurer.

– Quand j'aurai mon Étienne, se dit-elle, si on a un enfant, et si quand il sera grand on l'envoie à la cave chercher du vin à ce tonneau et que l'herminette lui tombe dessus, il sera tué !

Et elle reste là secouée de tout son corps à bien échafauder ce grand malheur futur. Mais là-haut, on attend la cruche. La mère finit par dire qu'elle va un peu aller voir. Elle descend, elle trouve Madeleine devant le tonneau.

– Mais qui donc t'a fait de la peine, ma jolie ?

Et Madeleine hoquette qu'elle a bien là de quoi pleurer vu que si elle marie Étienne et qu'ils ont un enfant et qu'ils l'envoient à la cave quand il sera grand y chercher du vin au tonneau et que l'herminette lui tombe dessus, il sera tué !

Doux Jésus ! Comme elle calcule bien, cette Madeleine ! C'est sûr ! Et toute débordée de larmes, la mère s'échoue à petits cris sur l'épaule de sa fille si prévoyante qui chiale de plus belle.

Au bout d'un moment, Paul qui a soif se dit qu'il va un peu aller voir ce qui se fabrique en bas. Quand il arrive et qu'il les voit bouffies et mouillées, il demande ce qui se passe. On lui explique que si Madeleine marie Étienne et qu'ils ont un enfant, il pourrait bien être tué par l'herminette quand il sera grand et qu'on l'enverra à la cave remplir la cruche à ce tonneau. Le père écoute, s'épouvante et s'effondre, le cœur déglingué.

Là-haut, le fiancé attend un bout de temps puis se décide à aller un peu voir de quoi il retourne. Il les trouve tous les trois comme en deuil autour d'un cercueil ouvert.

– Qu'est-ce qu'il y a ? Un malheur ?

– Mais voyons, Étienne, couine Madeleine, quand on sera mariés, si notre garçon une fois grand on l'envoie ici pour tirer du vin à ce tonneau, il sera tué si l'herminette lui tombe dessus, et ça n'est pas un grand malheur ?

– Bon Dieu, Madeleine, comme tu as raison ! Une femme comme toi, je ne trouverai jamais. Faut qu'on se marie, tout de suite.

Alors on fait la noce et on les installe. Le temps passe. La vie se mène doucement. Étienne trouve toujours la soupe fumante. Madeleine a un peu forci. En mâchouillant son bout d'allumette, il lui tire toujours un peu le nœud de son tablier quand elle apporte la daube. Le ménage va bien avec un gros garçon pour commencer et quatre filles pour continuer. Le garçon est grand maintenant, il pose des questions.

– Pourquoi elle est pendue si haut la clé de la cave, et pourquoi moi je ne peux jamais y aller à la cave, même juste une fois avec Papa, et qu'est-ce qu'il y a dans cette cave, d'abord ?

– D'abord tais-toi donc – et mange ta soupe, sinon – d'abord à la cave il y a l'herminette – qui tue les petits enfants qui ne mangent pas leur soupe – et qui sont trop curieux – et puis qui sont colère. Voilà tout !

Et ce soir au lit, Madeleine dit à Étienne qui éteint la lumière :
– Écoute, j'ai calculé que le garçon devient grand et je l'ai pris à vouloir pousser la table et y mettre la chaise dessus pour attraper la clé de la cave, alors il ne faut plus aller à la cave chercher du vin. Le raisin on le vendra à la coopérative, on achètera le vin en bouteille et on serrera les bouteilles dans la remise de derrière. Bien sûr, ça fera une dépense mais au moins le gamin ne sera jamais tué. Et la cave, si tu veux mon idée, on va la murer. Et quand on aura assez de côté on se fera une maison avec pas de cave, si tu veux mon idée.

– C'est bien vu ! Et là je me sens de pouvoir dormir. Bonne nuit Madeleine.
– Bonne nuit Étienne.
Le lendemain, Étienne a muré la cave avec, dedans, tout ce dangereux malheur. Et depuis, ils se sentent bien tranquilles. Il n'y a plus à défendre d'aller à la cave puisqu'il n'y a plus de cave. Plus de cave, plus de tonneau, plus de vin, donc plus de malheur !

Mon doux Jésus par-ci,

Mon doux Jésus par-là, c'était cent fois par jour que la vieille se signait pour un oui pour un non ou pour ni l'un ni l'autre, à tout bout de champ, à chaque étage, en trottinant, en s'asseyant, en se levant, en se baissant, en se torchant, même en se lavant les dents. Enfin bref, son doux Jésus prenait dans la maison une place excessive.

Son vieux lui demandait bien de parler un peu d'autre chose, mais rien à faire, la vieille ne quittait pas son grelot, et il n'en pouvait plus.

Un jour, il a idée de l'appeler « ma chérie ma douce colombe ». La vieille, surprise et ravie, lui roucoule un baiser. Ils faisaient la paire depuis un demi-siècle et ce chant oublié était nouveau pour elle. Il l'appelle de sa nouvelle façon ramière, inlassablement à toute occasion, et elle, pigeonnante, lui rend le doux écho, le petit bécot, puis doucement ça l'agace et puis plus de bécot, le vieux l'horripile et à la fin l'exaspère.

– Tu deviens gâteux ou quoi ? À force, ça fait rengaine.

– Écoute, ma bonne vieille, tu appelles ton doux Jésus plus de cent fois par jour, et tu ne crois pas que pour Lui aussi ça finit par faire rengaine ?

À tout mal vouloir

Dans une clairière, au cœur de la forêt, vivaient un bûcheron et sa femme qu'une fée négligente avait mal assemblés. Il connaissait les arbres, bricolait avec plaisir et avait grand soin de sa maison, alors que sa femme revêche et souillon n'avait pas goût à son foyer. Elle préférait les mots croisés, et la filasse à filer s'enchevêtrait sur le parquet, envahissant peu à peu le logis.

– Écoute, Lison-ma-Lisette, lui chantait le bonhomme, il faudrait bien qu'un jour tu files toute cette filasse qui nous prend toute la place. J'aimerais tant te voir à ton rouet, au jardinet que tout exprès j'ai fait pour toi.

Lison fermait sa sourde oreille et pendant longtemps, on parla de tout, de rien, mais point de fil. Un jour, quand même, il se risqua, il proposa d'au moins blanchir le fil du temps qu'elle était demoiselle quand elle avait bien voulu faire juste ce qu'il fallait pour l'amadouer et se faire épouser, et qui traînait en écheveaux poussiéreux sur le rouet délaissé.
Lison fit la grimace et trouva une ruse.
– Bon ! C'est dit ! On va blanchir le fil. Mettons le grand chaudron à bouillir.
Elle envoya un peu loin son mari lui chercher bien des bûches pour que le feu n'en manque pas. Et vite fait mal fait dès que le bougre eut le dos tourné, dans le chaudron où déjà l'eau bouillonnait, y fourra de la filasse et remit le couvercle. Quand il revint, elle lui dit d'avoir à bien surveiller car il fallait, là, que vite elle aille voir sa mère.
– Dans une demi-heure ni plus ni moins et sans soulever le couvercle avant, sur-

tout. Et tu éteins le feu et couvres vite d'un coup les braises. Si tu dépasses, tout le fil retombe en étoupe et le travail est perdu.

Et vite elle court au village.

Le pauvre homme s'agite, s'inquiète, tourne et guette l'instant au cadran solaire et calcule et pense que le temps est venu. Il couvre bien ses braises et soulève le couvercle.

– Bon Dieu ! Quelle glu !

Le chaudron déborda, dégueula une infâme bouillasse de filasse. Et quand la garce revint, grondant furieuse comme il faut, lui, penaud, fila doux. Il n'osa plus jamais lui parler du rouet.

Mais il ne faut pas croire pour autant que cet homme allait laisser encore longtemps enfermer sa vie dans ces fils embrouillés. Un jour de printemps que son sang à son tour se mettait à bouillonner, il laissa la maison à sa souillon et

partit sous prétexte d'aller au coin du bois tailler des allumettes, son bâton sous le bras, une violette à la bouche, en quête d'un peu de sourire et d'eau fraîche puisée pour lui au creux de deux mains tendres.
Des mains tendres il trouva qui l'attendaient au bord d'une margelle. La fille était menue. Il l'avait vue venir d'un peu loin qu'il était, ravi par sa démarche d'oiseau qu'un léger boitillement rendait sautillante, vive et légère. Elle l'avait vu aussi d'un peu loin qu'elle venait. Leurs yeux se reconnurent. Elle le suivit.
Pour elle, dans une autre clairière il fit une cabane. Tandis qu'il finissait le toit, elle lui retourna le jardin, il y mit un banc et une table, elle y tendit la nappe et porta des assiettes, et lui les couverts, le sel et le pain. Elle y posa la cruche. Elle s'appelait Mélissa, lui Beau-Guillaume.
À quelque temps de là, Mélissa eut ses premières douleurs de ventre plein

comme un œuf, ses petites contractions et puis les grandes. Guillaume ne la quitta ni des yeux ni des mains ni du cœur. Et quand enfin un garçon braillard fut là à remplir tout l'espace, Guillaume coupa le cordon, ôta sa chemise d'homme et l'y reçut dedans, là, à sa place reconnue, l'y enveloppa, lui baisa le front, le nomma Guillaume-mon-fils, et le remit à sa mère.

Ils étaient si doués l'un pour l'autre que l'un n'eut jamais à dire à l'autre ce qu'elle avait à faire, et l'autre ne se demanda jamais qui restait maître de cette maison qu'ils agrandirent et qui bourdonnait de cris, de rires, de pleurs, de chansons et de raclées et petits baisers, courtes offenses et grands pardons et toujours tendres retrouvailles.

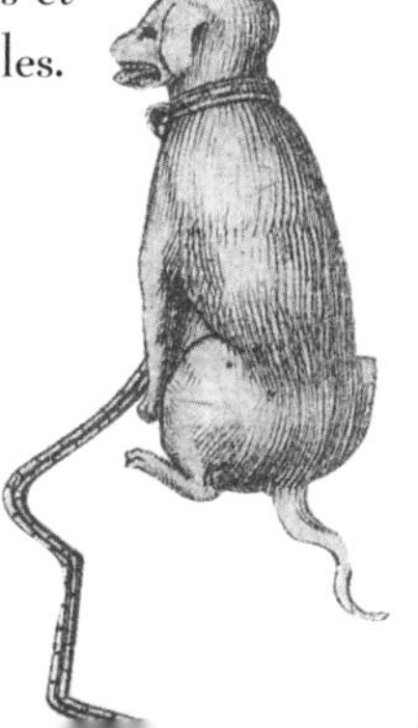

Partout, toujours, du fil et une aiguille

Les chèvres sont peut-être bonnes mères pour leurs petits, mais pour les autres elles sont garces.

Une chevrette, un jour, s'est trompée de mamelle et s'est fait encorner. L'homme, qui n'était pas loin, entend gueuler, arrive, la retire, la prend dans ses bras et sent le poisseux du sang fade. La bête, éventrée, perdait ses boyaux.

Dans la colline, pas d'autre vétérinaire que la bonne femme, avec toujours une aiguille enfilée piquée sur le devantier de son tablier. Il faut faire vite. La petite

gigote et lâche ses entrailles. Comment la recoudre sans trop lui faire mal, sans rater les points ?
Pendant que la femme s'affaire à trouver le bon fil et l'aiguille courbe et neuve qui va bien glisser, l'homme, comme il le fait souvent avec ses chiens, ses chats, pour les calmer et les cajoler, lui gratte le front, là entre les deux yeux et frotte et tourne le doigt sur ce point, si bien que la bestiole à la fin se fait molle et tranquille, les yeux chavirants.
Alors commence l'ouvrage de dame, sur trois couches, la première peau si fine après avoir rentré les tripes, à petits points séparés sans déchirer le tissu, puis la deuxième peau, puis la dernière qui commence déjà à être dure comme un petit cuir. Voilà de la haute couture, du cousu main.

Après, on tartine de pommade, on caresse l'ouvrage, on remet les poils dans le bon sens, on va chercher les bandes molletières du grand-père (qu'on a bien fait de garder chaque fois qu'on voulait les jeter), et la chevrette recousue et saucissonnée bondit et s'en retourne vite jouer et cabrioler avec sa jumelle.

Ces deux-là qui ont fait le travail n'en reviennent pas de la vigueur d'une petite bête à deux doigts de crever il y a quoi? une demi-heure! Parce qu'il a bien fallu une demi-heure pour faire, sans trembler, tous ces petits points de fil de lin bien noués.

Comme quoi, dans une maison, quand il y a un homme qui connaît le point qui ensuque, et une bonne femme qui sait manier le fil et faire le point qui rassemble, la vie peut se rattraper solide.

Chez les Inuit

Chez les Inuit, la femme, en tête, tire le traîneau pour ouvrir la voie, l'homme pousse car il possède la force.
Aux hommes les activités de la parole et les discussions, aux femmes les tâches humbles et répétitives. Aux hommes le pouvoir de la parole, aux femmes le pouvoir du silence et de l'ingéniosité.

Chez ces femmes-là, si loin là-haut dans un pays sans arbre, il y a quand même le fil et l'aiguille qui font la vie comme chez nous.

Les Inuit, quand ils sont arrivés sur leur glace, ont tout de suite su qu'il leur fallait rester ensemble parce que le froid et la faim posaient problème. Il n'y avait pour eux ni grotte ni datte ni bois de chauffage.

D'abord, ils sont restés serrés en cercle longtemps, muets dans le grand silence blanc et nu qu'ils allaient habiter. Le chef s'est fixé au centre, et, pivotant sur lui-même, les bras en croix, il a appelé les Esprits de la Vie. Il leur a crié qu'ils étaient tous courageux mais qu'ils étaient nus et affamés. S'ils avaient à vivre, alors que la Vie vienne à eux et ils se chargeraient d'elle. Sinon il leur fallait mourir. Et la mort, ils n'avaient guère envie de lui courir après.

Alors est venue vers eux une troupe de caribous. En tête, le plus vieux, le chef, s'est approché du jeune chef des Inuit :

– Homme debout, toi qui peux lever la tête et voir le Ciel, écoute-moi. Faisons un pacte. Prends tout de moi, tout peut te servir. Tu peux en faire des armes et chasser, en faire ton chariot et je peux le tirer. Vis de moi, habite ma peau et ma fourrure. En échange garde mes femmes et mes enfants, gouverne mon troupeau, ne prends rien de plus qu'il ne te faut, vivons ensemble. Bois mon sang, mange mon cœur et ma chair, assemble mes os, mes andouillers.

Tu trouveras le long de mon dos le fil qui lie et relie, coud et recoud, rapproche, attache et se tend sans jamais se rompre. Prends ma graisse et tiens ta lampe allumée. Garde ma vie et je garderai la tienne. Maintenant, agis sans trembler.

Nanouk a été ce chef qui a obéi et fait le sacrifice du premier caribou. On l'a tout de suite appelé le Chasseur. Il a pris femme, car l'un sans l'autre ne pouvait rien faire. Elle s'appelait Nik.
C'est elle qui a saigné et fait boire le sang à tous réunis. Elle a dépouillé, éventré, sorti et distribué encore fumants le cœur et le foie, dépecé, découpé et fait la part de tous. Le long du dos, elle a soigneusement dégagé le tendon nacré qu'elle a enroulé pour en faire une bobine de fil blanc incassable.
Et depuis, elle n'a jamais arrêté, comme ses filles après elle, de gratter les peaux, de mâcher les peaux, de découper les

peaux, de coudre les peaux. Sa vie passe à sortir de son étui, ses aiguilles et son fil, son couteau, le *oulou* en croissant de lune. Elle coud, recoud, brode et ravaude manteaux, bottes, bas, chaussures, moufles et culottes, bâches et harnais, la vessie des fenêtres et le toit de la tente, les sacs, les étuis, les poupées.

Des os, elle a tiré, effilé, aiguisé et troué ses aiguilles, ses alênes, elle a sculpté son dé. Dans la peau, elle a découpé les lanières qu'elle tresse, qu'elle tord ou qu'elle affine pour en faire les cordes de l'arc du chasseur, les ficelles, les lacets, les lassos, les collets, les fils du pêcheur, les liens des traîneaux, l'enveloppe des kayaks.

Enfin bref, elle n'arrête pas, et toujours en riant, car pour survivre, dit le conte, « le Chasseur et la Couturière opposent au froid un grand rire intérieur, le rire du caribou, un rire d'une grande allégresse ».

À la guerre comme à la guerre !

Je vais vous dire une chose. Tant qu'on est en vie il faut rester en vie.

À l'Exode, c'était une enfant, à plat ventre dans le fossé sous la mitraille, trop petite pour avoir peur mais assez grande pour avoir faim, pour avoir soif depuis des jours.
Le temps passe, les avions passent, la mitraille passe, la mort passe, à droite à gauche. Ça sursaute, ça ricoche, ça crie, ça gronde.

À force d'avoir longtemps le nez dans l'herbe verte de l'été, sans bouger (surtout ne pas bouger), elle a flairé, trouvé des fraises des bois bien mûres. Dites ! Des fraises ! Un cadeau vivant, juteux, parfumé, à boire et à manger juste sous le nez dans la bouche vivante, à côté d'enfants tressautant puis d'enfants morts.

Sans rien penser, même pas à vivre ou à penser qu'il fallait penser, elle s'est régalée, soûlée, a écrasé ces fraises dans sa main dans sa bouche vite, vite, encore.

Et elle les goûte et s'en régale encore. C'est son plus grand merci, aujourd'hui et ici que nous sommes.

Le fil perdu

Dans le temps, sur cette Terre était une petite terre pas plus grande qu'une de ces landes où souffle toujours un vent de mer, et où, comme partout, se promènent des filles à marier, bien plantées, les joues en feu et l'œil ardent. Elles parlent et rêvent, échangent des secrets. Leurs têtes sagement coiffées sont pleines de projets et d'attente.

Celles-ci savaient toutes coudre et broder, faire au point de croix sur le canevas leur alphabet, les nombres ainsi que leur nom et date de naissance encore toute fraîche. Elles étaient obéissantes, si ce n'était aux parents, au moins à leurs croyances.

Sur la place coulait une fontaine comme dans tous les villages où l'eau peut toujours rire, éclabousser, donner à boire, à se mirer et à se voir. Et tout autour il se passait bien des choses et il se passe peut-être encore que, si un bout de fil perdu est là gisant au pied d'une fille, il faut vite qu'elle le ramasse. Alors il s'allonge. Et de la pelote qu'elle en fait sort une fée si ravie de pouvoir courir entre ses doigts qu'elle lui prête un instant, un instant seulement, sa baguette. C'est là qu'il faut de la sagesse au cœur et une tête bien rangée pour savoir en profiter sans jamais le regretter.

Seulement, si ce fil reste dans la poussière, sans secours, au pied d'une négligente, gare à elle car la voilà embobinée d'incertitude et d'ignorance de n'avoir pas su se baisser à temps pour le ramasser.

Le pantalon

Si on ne fait pas tout soi-même ou quand tout le monde s'en mêle !

Nicolas rentre tous les soirs de sa charrue à sa ruche où bourdonnent sa femme et sa fille et sa mère et sa sœur, toutes à éplucher et laver, touiller, frichtir et fourbir. Et notre gentil bourdon, là-dedans, content, laisse la terre au grattoir et prend les patins. Fourbu le soir, il plie son couteau après le dernier croûton, va trafiquer un peu son coin de feu à replacer les bûches et se prendre un brandon pour s'allumer la pipe. Tranquille, il tire un bout de temps, et bonsoir la compagnie, bonsoir les fées, au lit comme une souche, bonne nuit.

Un jour il hérite du pantalon de l'oncle, quasi neuf mais trop long. Il se marche dessus. Il demande à sa femme :

– Macha, tu ne voudrais pas me le mettre à ma longueur ?

– Nico, tu vois bien que je lave. Pose-le sur la chaise, je t'arrangerai ça demain.

Le bonhomme reprend le pantalon et tourne et vire.

– Maria, ma mère, tu ne pourrais pas, juste quelques points, pour me raccourcir mon... ?

– Nicolas, mon fils, je n'ai pas fini ma vaisselle. Pose-le donc sur la chaise, je verrai à te faire ton affaire demain.

Demain ! Il glisse doucement sur ses patins.

– Mariochka, petite sœur, tu ne pourrais pas enfiler juste une aiguille, parce que mon pantalon en bas... ?

– Demain ! Nicou ! Tu vois bien que je n'ai pas fini. Pose-le sur la chaise.

Peut-être la petite, s'il lui demande gentiment.
– Maroussia, ma mignonne ! Juste trois petits points vite faits pour me raccourcir les jambes.
– Petit Père, j'aurais bien voulu, mais Mama m'a donné à repasser.
– Alors bonsoir ! Je m'en vais dormir.

Maroussia a plié tout son linge, puis se dit que : « Tiens, Petit Père sera content. » Elle sort sa boîte à ouvrage, évalue d'une main, coupe et faufile et ourle à grands points et remet sur la chaise.
Passe Mariochka. « Il me l'a si gentiment demandé ! La mère a tant d'ouvrage et Grand'Mère n'y voit plus. Une largeur de main il me semble. » Elle coupe, faufile et ourle, tapote pour bien aplatir le tissu, et remet sur la chaise.
Maria redresse son dos fatigué. Et là sur la chaise, le pantalon du gamin. Ça lui donne un regain de lui faire plaisir, il est si gentil !

La boîte, une main, coupe et faufile et ourle à petits points de vieille, bien fignolés réguliers, le lui repose sur la chaise.
Tout est en ordre dans la maison, tout brille, Macha fait un dernier tour d'horizon, dernière couchée, recouvre les braises, et là sur la chaise, le pantalon de Nicolas. « Allons, vite fait bien fait. » La boîte, une bonne main au pif. Elle coupe, faufile, ourle, repasse et repose le pantalon.
Le cher homme dort comme un bûcheron.

Et c'est ainsi que le lendemain, aimé et soigné par tant de femmes, Nicolas se retrouve en culottes courtes.

Le fil vert

Un garçon et une fille, profitant du printemps qui arrive enfin, ont choisi la date de leurs noces et descendent de leurs collines pour aller à la ville faire leurs emplettes et chercher le trousseau, le linge de la maison, les ustensiles de cuisine et toutes les bricoles nécessaires pour vivre heureux en ménage, sans oublier le sel, et puis surtout une certaine soie verte comme les prés, en long métrage empaqueté, pour la robe de la mariée. Elle la veut longue, juponnée, et comme ceci et comme cela avec un bustier et tous les plis et les volants qui la feront reine de la noce.

Les voilà chargés comme des baudets, contents et fiers, remontant vers chez eux

en écoutant le rossignol à la nuit qui tombe, quand :
– Ah mon Dieu !
– Mais qu'as-tu ma Fanchon ?
– J'ai que nous avons oublié le fil, j'ai oublié le fil et ma robe ne peut se coudre !
– Voyons ! Du fil, on en trouvera là-haut ; il y aura bien du fil chez l'aïeule.
– Non ! Il me faut du fil vert de ce vert de ma soie, pas un autre, un autre je ne peux. Il nous faut redescendre tout de suite !
– On y va Fanchon, on y va.
Et déjà bien avancés pourtant, on redescend avec le barda, les draps et les torchons, les serviettes et les cuvettes et les fourchettes et toutes ces emplettes. Au diable ce maudit fil vert, quand là, sur le bas-côté, une fusette de soie, de cette soie verte exacte, là au pied d'un arbre, comme les guettant, semble les attendre. Fanchon n'hésite pas mais lui se dit tout net que : « Non, cette fusette n'est pas catholique ! Si quelqu'un l'a perdue quel-

qu'un va la chercher, non, on ne fait pas ça, on ne doit pas faire ça ! »
– Si !
– Non !
– Si !
– Bon !
Une fois rentrés, ils déballent, ils rangent, ils jacassent, s'embrassent. « À demain ! » Et le lendemain la fille se met à l'ouvrage, taille, assemble et coud sa robe pour le samedi qui vient.

Samedi dans l'église en lumière, le fiancé cravaté, gominé, à l'autel attend sa promise. Elle apparaît sous le porche, au bras de son père, comme un feuillage tendre traversé de soleil. Les orgues entament la marche des épousailles. La mariée trempe le bout de ses doigts dans le bénitier, et pfffft, le temps d'un petit signe de croix la robe se découd. Plus de fil vert et seulement à ses pieds le tissu tout froissé, là, comme une laitue paumée.

Remarquez bien que la mariée n'était pas nue. Elle fit sa noce en jupon. Mais depuis, hors de la maison, gentiment mais fermement, c'est son mari qui porte pantalon.

La filandière

Vêtus de peaux de bête, Grand-Père et Grand-Mère ne se coiffaient qu'à la pleine lune avec ce qu'ils trouvaient d'épineux, juste pour se donner un coup de brosse. Ils n'avaient pas d'état d'âme quant à leur redingote car il fallait manger, et la dépouille qu'ils portaient était le don d'un animal qui les avait rassasiés, qui avait fait leur affaire avec son dedans comme avec son dehors. Seulement, après, il fallait vite en trouver une autre et ça les occupait trop pour penser. Allumer le feu et se chercher les poux leur prenait déjà beaucoup de temps.

Pourtant, une de leurs filles, un matin, se mit en réflexion et revint ainsi s'asseoir

tous les jours sur son caillou, dans le silence, pendant que les autres ronflaient encore sous leur feuillage. Elle venait y débroussailler ses rêves, un rêve surtout qui revenait chaque nuit, avec une bête, une bête semblable à celles qu'on chassait alors, mais différente, mousseuse et ronde. Elle venait verser contre elle des larmes de lait, et dans l'oreille lui faire entendre une drôle de chanson. Cette chanson lui disait de ne plus se vêtir de la bête, pas ainsi, pas celle-ci, de ne pas la tuer, pas tout de suite.
– Cherche-moi, appelle-moi, trouve-moi, disait-elle en la léchant, et je te dirai.
Alors, chaque jour, la fille l'appelait.
– La Bête, je suis là, je t'écoute, je t'attends, viens.

Un matin au soleil encore endormi, la Bête aux Larmes de Lait se tenait à la lisière de la clairière où s'éteignait doucement le feu de la nuit. Elle avait sur le dos une épaisse chevelure brune et frisée, et restait là debout comme pour l'inviter à y plonger ses doigts. Elle était haute et son museau humide et tiède tenait juste dans le creux de la main. Elle attendait qu'on la capture, qu'on l'enclose, qu'on la nourrisse de feuillage et de verdure. Sa fourrure était douce. La fille la flaira. Elle lui rappelait tout à la fois le ventre de sa mère, la terre mouillée après la pluie, et les feuilles de sa litière dans laquelle, parfois, elle pissait en dormant tout en rêvant qu'elle se levait pour pisser. La bête était une femelle. Et elle était pleine.

La rêveuse avait confié son secret à son frère. Ensemble ils apprirent à nourrir la Bête et la menèrent paître dans les fourrés alentour.

Un jour, dans un passage étroit, un épineux agrippa une mèche de fourrure et la garda. Ils ne la virent pas tout de suite, il

fallait qu'ils repassent par le même chemin, sous une autre lumière. Il advint qu'un matin, un rayon de soleil fit perler sur elle le cristal d'une rosée.
Ce jour-là, la Bête mit bas. La fille l'aida, l'encouragea, reçut dans ses bras ce premier petit bêlant qu'elle frotta, bichonna et sécha. Elle mit enfin son museau à la mamelle gonflée, tendue, d'où jaillirent des larmes de lait qu'il téta goulûment.
Quand tout fut bien en ordre, la Bête à son oreille lui dit un long secret.

Ainsi, c'est d'elle que nous viennent nos vêtements de laine. La fille, la première, eut l'idée de carder aux épines cette toison que la Bête y avait laissée. Elle inventa du bout des doigts, roulant, tournant, tirant la mèche, l'art de filer.
Elle apprit à sa grand-mère ébouriffée, à son grand-père hirsute, à ses parents qui eux à leurs enfants, comme en jouant, à traire le lait de leurs mains gloutonnes.

Elle inventa un jour le tissage en regardant ses doigts croisés comme en prière. Depuis, nous sommes vêtus de la laine vive de la Bête sur qui, inlassablement, elle repousse, et que l'on tond à chaque printemps, à la lune montante pour qu'elle gonfle plus vite, moelleuse et abondante.

Les fils d'Ève, la vivante

Cela faisait déjà un sacré bout de temps qu'Adam et Ève s'étaient enracinés sur la Terre, à la sueur de leur front, comme promis.
Adam piochait, grattait, semait, plantait, élargissait la maison au fur et à mesure que la famille s'agrandissait.
Ève filait la laine et faisait un enfant par an. Elle avait largement dépassé la vingtaine, des beaux, et des vilains un peu épais, mais elle n'y voyait pas de différence et la maison roulait son train, tout le monde à sa bonne place.
Or un jour, le Père Bon Dieu eut envie d'aller voir un peu comment ils étaient

installés et comment ça allait chez eux. Il avait grondé et puni mais n'en gardait aucune colère. Il envoya donc un ange pour les prévenir de sa visite.

Du coup, Ève fit son grand ménage, mit des fleurs partout, se coiffa et fit sa natte, se cura les ongles, puis nettoya les enfants les plus beaux qu'elle bichonna de son mieux. Elle leur apprit à faire la révérence, à ne pas dire de gros mots, à répondre poliment aux questions, leur demanda d'être sages quand le Père Bon Dieu arriverait. Ils répétèrent leur compliment.

Pour les autres, elle les cacha.

– Soyez bien sages aussi, ne bougez pas, qu'on ne vous entende pas, s'il vous plaît.

Elle en mit un dans le foin, un autre dans la soupente, le troisième sous la paille, le quatrième dans la cheminée, le cinquième à la cave, le sixième sous une bassine, le septième dans un tonneau, le huitième sous une bâche avec le neu-

vième puisqu'il y tenait aussi, le dixième et le onzième derrière le bûcher, et le douzième, tiens cache-toi vite là, car juste à peine elle avait fini de ranger tout son petit monde, et Adam de peigner sa barbe, qu'on frappait à la porte. Le voilà.
– Bonjour les enfants.
– Bonjour Seigneur.
Les beaux petits sont là tous en rang d'oignons bien lissés, font leur révérence, donnent la main au Bon Dieu qui la prend, mettent un genou en terre et baissent comme il faut la tête.
Alors, bien sûr, le Bon Dieu, content, les bénit l'un après l'autre, et décide.
– Toi tu seras un grand roi, toi, tu seras duc, toi comte, toi chevalier, toi écrivain, toi docteur, toi artiste, toi savant, et ainsi jusqu'au dernier selon ses trouvailles généreuses.
Le Seigneur est si bon, si paternel qu'Ève va chercher ses autres enfants pour qu'ils

en profitent aussi. Elle les sort de leur cachette et les amène comme ils sont, crasseux, hirsutes, morveux.

Le Bon Dieu rit gentiment et commence à les bénir à leur tour.

– Toi, tu seras paysan, toi pêcheur, toi forgeron, toi cordonnier, toi boulanger, toi tisserand, toi tailleur, toi potier, toi palefrenier, toi matelot, toi messager, et toi, le douzième, tu seras serviteur.

Ève en est toute chagrine.

– Seigneur, vous faites un drôle de partage. Ce sont tous mes enfants, je les ai tous portés et mis au monde, je les aime tous autant et ils sont tous aussi gentils malgré leur caractère, parfois.

– Ève, tu n'y es pas du tout ! Il me faut pourvoir le monde avec tes fils. S'ils étaient tous princes ou nobles et notables, qui serait là pour les nourrir, pour cultiver, moissonner, faire le pain ? Qui forgerait, tisserait, bâtirait, qui s'occuperait de la vie ? À chacun son métier, à

chacun son savoir et son rôle, comme tous les membres d'un même corps.
Le Vieux parlait comme un Dieu !
Ève retrouva son sourire.
– C'est sûr, mon Seigneur, il n'y a que Vous pour voir si loin et penser d'un bout à l'autre. Je vous prie de m'excuser. C'est très bien comme ça. Grand merci.
Et Adam :
– On peut vous offrir quelque chose, le Père ? Vous boirez bien un verre avec nous !
– Et comment ! Tiens, si de l'un de tes garçons, on faisait plutôt un vigneron, hein ? Mais lequel ?

L'attention

Une fois, il y a longtemps, le Roi était à la messe, debout avec ses hommes et sa meute pour confier son âme et sa chasse à Dieu. Or voilà qu'une femme du village arrive tout affolée et si occupée de trouver dans cette assemblée son enfant qui lui avait échappé, qu'elle ne voit pas ce qui l'environne, et là, devant l'autel, bouscule le Roi. Le Roi ! Elle bouscule le Roi ! Qui se retient et ronge son agacement.

La messe est finie. Sa Majesté sort sur le parvis où cette femme, encore là, lui sourit, son marmot dans les bras. Le couronné la fait s'approcher et la gourmande :

– Femme, n'as-tu pas vu que tu bousculais le Roi ?

– Oh Sire, non, j'étais si fort à retrouver mon enfant que je ne vous ai pas vu. Mais vous, mon Roi, comment avez-vous pu me voir, tant absorbé que vous étiez à adorer et prier Dieu ?

Le Roi, surpris, lui dit merci.

Entre elles, chuchotements

Si le Bon Dieu voulait bien nous donner l'instinct de mourir volontiers.

Plus on a peur de la mort, moins on vit.

Le Bon Dieu, Il a mal où on se coupe de Lui.

Dans le fond, Dieu n'est jamais né, il est tout le temps en train de naître.
Il est dans l'inutile.

Il est très demandé. Il a beaucoup à faire. Il peut bien oublier. Il faut le prendre comme Il est, alors Il nous prendra

comme on est. Il n'est pas si compliqué que nous.
Il n'a rien à dénouer, voyons, puisque rien n'est noué.

La naissance est un jeu assez fou pour que seuls les enfants s'y risquent !

L'araignée

Au début du Monde, Dieu et l'Araignée étaient très amoureux. Ils jouaient ensemble. Ils inventaient des vêtements. Il les concevait, elle exécutait, filait, tissait des toiles légères et perlées d'une rosée de toutes les couleurs, qui tremblaient au moindre Souffle divin, et Dieu frissonnait doucement pour ne pas briser ces voiles qui L'habillaient. Il aimait cet ouvrage, Il aimait son araignée et son araignée L'aimait. C'était le Paradis.

Or un soir tout se gâta.

Tôt ce matin-là, l'araignée amoureuse, exaltée, pleine de zèle, eut une idée de trop. Pensant qu'il plairait à Dieu qu'elle eût deux fois plus de rendement, elle

imagina de se créer un double pour l'aider. Elle se fabriqua, vite fait, une fille qu'elle mit dès le soir en apprentissage.
D'abord, tout se passa bien. La petite était docile, mignonne, habile comme sa mère. Puis, Dieu lui ayant souri gentiment, elle perdit la boule. Elle se mit dans l'idée de faire mieux que sa mère, de lui prendre sa place. Elle s'imagina que Dieu n'avait d'Œil que pour elle. Enfin bref, elle se mit à filer et tisser, ivre de vanité, droguée, une toile folle, hirsute, désordonnée, irrégulière, dans laquelle commencèrent à se faire prendre et ligoter quelques mouches du soir, puis des papillons et des grillons, qu'elle dévora après les avoir traîtreusement piqués. Ce fut un carnage.

Dieu en fut triste et n'eut plus envie de s'habiller.
Il aime toujours sa première araignée, sa première tisserande en qui Il a mis pour toujours toute Sa confiance. Erreur n'est

pas vice. C'est elle qu'Il charge de filer la soie la plus fine, la plus solide, à peine visible, et d'en tisser les gants et les bas des Reines et des Rois, des Princes et Princesses qu'Il reçoit en son Palais, les jours de grand apparat, où tout le monde s'amuse comme il convient à la Cour de Dieu.

Ainsi est démontré que le mieux est l'ennemi du bien, comme disait ma mère qui n'était pas une araignée. Quoique !

L'écharpe

Un jour, au village, un petit qui jouait avec son ballon fut renvoyé en l'air si haut par une voiture, que seule est retombée son enveloppe vide.
Sa mère elle aussi, sur le coup, s'est vidée de sa vie, de son âme. Seule sa colère l'a gardée debout.
Elle restait ses journées le long du fleuve, les yeux fixés au milieu du pont où souvent semblait flotter dans le ciel une étrange écharpe de soie rose d'or, vivante comme une aurore souple et légère nouée autour d'un cou invisible.
Un jour s'approcha une vieille qu'elle n'avait jamais vue, et qui resta silencieuse près d'elle jusqu'au coucher du soleil. Alors jaillit de l'écharpe, un instant assombrie, le

léger cri d'un oiseau. Ainsi, trois jours de suite, la vieille vint à son côté.

Quand le soleil se fut couché pour la troisième fois, elle se tourna vers la femme, prit sa main glacée dans la sienne brûlante et lui dit :

– Laisse-le partir. Ta douleur l'étrangle dans ce passage d'où il ne peut ni aller ni revenir. Délivre-le de ta souffrance qui le désole et l'empêche d'aller jouer sur l'autre rive où ses amis l'attendent, là où plus rien ne le sépare de toi.

La mère ne put supporter plus longtemps le cri déchirant de cet oiseau, de son enfant. La force lui revint de le vouloir heureux, joyeux et léger. Elle lança à son tour son grand cri d'adieu, d'ultime désespoir et d'amour.

Alors l'écharpe se dénoua. Un roitelet bleu vint sur sa main, la picora, la baisa, voleta autour d'elle.

Et il en fut ainsi chaque fois qu'elle sut sourire à son petit sans le croire perdu.

Entre elles, pour consoler

Je sais bien qu'on ne part pas bien loin quand on s'en va. Je le sais parce que je suis moi-même un peu partie, comme Lazare.
J'étais là dans la chambre, avec mon enveloppe bien propre bien habillée sur mon lit bien tendu, et moi dehors debout dans une bulle, avec mon balai et mon tablier, de bonne humeur. J'ai vu pleurer mon pauvre mari, désolé, perdu. Je l'ai appelé, je lui ai dit : « Ne pleure pas, je suis là. » Mais non, il voulait pleurer. Et tant pleurer et se tordre à ne pas m'entendre qu'à la fin j'en ai eu la plus grande peine de ma vie. J'en suis restée

navrée. Je me suis crue obligée de revenir. J'avais pourtant touché la Porte.

Enfin ! C'est sûrement pour vous le dire !

L'olivier

Plus on se plante et mieux on pousse !

Chez nous qui avons des arbres, l'olivier est immortel et sans rancune de nos négligences et de nos oublis. Il peut attendre des années, enroncé, embroussaillé, qu'on le retrouve, qu'on le dégage, qu'on lui fasse toilette pour s'étirer et frémir et nous refaire une récolte.

« Fais-moi pauvre, je te ferai riche », disait l'olivier au vieux qui le soignait, et qui l'a appris au vieux qui l'a appris à un vieux qui l'a appris à la vieille que je suis, et savez-vous comment ? En me disant ainsi :

– Voilà, c'est tout simple, tu te tiens debout devant l'arbre un bon moment, tu te plantes bien et tu le regardes, comme il faut, et puis tu l'écoutes. À un moment, tu entendras ce qu'il te demande. C'est lui qui va te dire.

Je me suis plantée et j'ai eu la chance d'entendre et de comprendre. La main du vieux sur mon épaule, j'ai tout su d'un seul coup. Il fallait seulement apprendre à manier les outils.

Celui-là, simplement, en confiance, me demande de rabattre l'orgueil de ses trop hautes branches qui l'affaiblissent, le vieillissent et lui font perdre la route à force de faire grimper toujours plus haut la vigueur de sa sève.

Celui-ci qui me regarde, encore vivant mais sec et noir, déplumé, minable, a le corps envahi, moribond. Pourtant sa vie persiste dans sa souche, dans ses racines, dans ses veines, dans ces rejetons serrés autour de lui et qui le dévorent.

– Je suis encore vivant ! Ôte-moi d'abord tous ces gamins qui me courent dans les pattes, sur mes racines, toujours collés contre moi, vauriens inutiles ! Coupe-moi tous ces « gourmands » dressés sur mes bonnes branches, ces rameaux vigoureux mais stériles qui pompent ma sève, qui bandent pour rien, qui ne donneront que du bois raide, qui me poussent sans grâce, comme des chandelles, et qui me prennent la lumière !

Ce qu'il veut c'est que je coupe, que je coupe encore, que je le débarrasse de tout ce qui encombre son milieu. Il veut faire retomber ses branches vers nous, en cascades souples. Il a envie de donner, de nourrir, il veut que la lumière l'inonde. Il veut de l'air, il veut jouer, libre, avec le vent. Tous disent : « La colombe doit pouvoir s'envoler de mon cœur sans froisser ses ailes. »

Et pour ça, la façon de faire se dit ainsi, que l'homme debout dans l'olivier, en son centre à la croisée des charpentes, doit pouvoir tourner sur lui-même les bras en croix sans frôler une feuille, comme une grosse colombe !

C'est que, depuis plus de mille ans, Notre-Dame qui veille en haut de la colline aime tant à voir ses oliviers prier vers elle en frissonnant.

Merci au chien qui gronde

Notre-Dame, en haut de la colline, n'a pas que des orants frissonnants à ses pieds. Elle descend parfois pour prendre des nouvelles de ceux d'en bas qui courent dans tous les sens, à mi-chemin, au carrefour où fleurit l'oratoire de Joseph son très chaste époux tout écaillé qui garde depuis des lustres l'Enfant figé sur son bras ankylosé. Des vieilles font cercle autour de la grosse pierre sur laquelle elle vient s'asseoir parfois quelques heures d'après-midi, dans sa robe de laine, de la paille fraîche dans ses sabots. Elle n'aime pas trop sa robe d'église, toute grise de vieille poussière, si longue et malcommode, qui lui donne un air niais de femme sans tâche qui n'aurait jamais fait ni la cuisine ni la vaisselle, ni allumé le feu ni pesté quand le bois est trop vert et enfume toute la maison.

On se raconte. On se demande tout bonnement comment faire avec ceux qui font souci. On se donne des recettes et des points de tricot, des bouts de laine, des histoires un peu crues, la Sainte Vierge n'a rien contre, ça lui donne bonne mine de rire un peu du ventre de temps en temps.

Et aujourd'hui est venue Léa, encore si jeune, pour raconter et remercier. Il fallait qu'elle dise, les mains croisées enfoncées dans son giron, les jambes tendues devant, l'œil droit sur la pointe dressée de ses orteils.

– Mon homme me négligeait, trop fatigué le soir, soir après soir. J'avais tant de colère, de désespoir à tourner en rond et ne voir que le câlin qu'il me donnait toujours et qu'il ne donnait plus. J'en étais comme ivrogne à en perdre la tête, à hurler une rage de bête dans la maison vide que je bousculais. J'avais honte et demandais pardon à cette maison tranquille, mais je gueulais à nouveau dès que j'y étais seule.

Alors un matin que le bonhomme était parti, j'ai décidé. J'ai pris dans ma musette à casse-croûte le bon couteau pour me couper les veines, et le sachet de mort-aux-rats pour faire meilleur poids, et suis partie à la grande marmite de la rivière où les enfants qui n'ont pas pied font leurs plongeons quand ils n'ont pas école. Je voulais être bien sûre d'aller au bout de mon idée.

Voilà que sur le chemin, le « chien méchant » d'un homme tout ordinaire me barre la route, me tourne autour, me gueule dessus, montre ses crocs et tourne encore, m'enfermant dans son cercle. Son maître m'engueule de faire gueuler son chien et j'enrageais d'être attaquée et qu'on m'engueule.

Le chien m'avait barré la route, son maître m'engueulait, j'ai changé de colère. Alors l'autre est tombée. Notre-Dame, j'ai bien su que vous y étiez pour quelque chose. Je me suis réveillée d'un cauchemar. Je voulais vous en dire grand merci.

J'aide le bonhomme dans son ouvrage, ça lui donne un peu de temps pour mon ventre où un petit commence à jouer au ballon.

La procession des morts

Dans le temps, derrière la maison passait la procession des âmes du purgatoire. Pour tout le village, c'était temps de prière et d'abstinence qu'on offrait pendant trois jours, du mercredi au samedi au commencement de chaque saison, pour le soulagement de ces âmes en peine.

Un mercredi de veillée où tous ceux du village étaient ensemble à prier, on frappe à la porte, qui s'ouvre, laissant ainsi passer une femme avec son rouet et sa quenouille. Chacun chacune se pousse pour lui laisser une place au milieu des fileuses. Elle s'assied et file sans dire un mot, dans le silence que seuls rythment

les rouets. Personne ne la connaît. À la fin de la veillée, elle salue sans un mot et s'en va. Le lendemain, elle revient. On lui fait place, elle s'assied et file. Quand on lui demande qui elle est, elle continue de filer sans répondre. Le samedi, dernier soir de ces Quatre-Temps, à la dernière veillée, des fileuses décident de lui prendre un peu de sa laine et de la lui filer. Ainsi elles font, prenant à la femme chacune une poignée et la filant.
Et quand tout est filé, celle-ci se lève, sort du silence et remercie l'assemblée à voix claire. Puis elle raconte qu'elle était partie trop vite avant d'avoir terminé son ouvrage. Elle était condamnée à le finir sans jamais avoir droit de demander de l'aide. Ces femmes, en lui donnant un coup de main, l'avaient délivrée.

Elle a quitté l'assemblée pour toujours, en promettant à chacun d'intercéder pour tous dans l'autre monde.

Quand les femmes sont fées

Il se passe des choses étranges, là-bas dans une île en grosse mer grise. Des pêcheurs s'y aventurent chaque jour pour tirer leurs filets qu'ils étalent quand il faut sur les prés d'herbe rase et salée. Les réparer, manier la navette, retordre et renouer les fils dévorés par la mer est affaire d'homme, de pêcheur, comme savoir où les poser, et quand les retirer.
Or un matin de brume légère et rose, un pêcheur vient justement à ses filets quand il voit arriver de loin, tranquille, une petite femme frêle. Plissant les yeux,

il accommode sa vue et discerne mieux ses contours. Il ne bronche ni ne bouge. Il la laisse venir. La voici maintenant toute proche, ébouriffée, frisée de boucles courtes sombres et perlées de brouillard. Enclose et toute à son affaire, elle tricote en marchant. Le tablier attaché par les cordons à sa taille, les deux coins de son pan noués, passés à son bras comme l'anse d'un panier, et ainsi dans son tablier, sa pelote sans doute, mais bien plus. Elle y porte, à petits pas prudents, aussi fragilement qu'une douzaine d'œufs, aussi précieusement qu'un nouveau-né, un menhir de quinze pieds de haut, aussi facilement qu'elle aurait piqué une aiguille dans la pelote.

Quel drôle d'enfant !

La poupée

Dans le temps, par chez nous, quand les petites filles avaient fini d'aider aux champs, s'il faisait encore un peu jour, elles montaient à Notre-Dame en haut de la colline où dévalait derrière la chapelle, le clapier, le chemin de pierres, et, dans ses pierres, en cherchaient une qui serait leur poupée. Adeline se trouvait toujours la plus grosse et la plus lourde pour avoir le plus beau poupon. Elle l'enveloppait dans un chiffon de laine et le berçait tendrement, avec peine tant il pesait. C'était toujours elle qui avait le plus bel enfant. Puis chacune couchait là son petiot et rentrait vite à la maison pour aider à la soupe. Le lendemain, elles retrouvaient leur bébé ou s'en cherchaient un autre, encore plus gros pour qu'il ait grandi.

Adeline a eu beaucoup d'enfants. Elle a toujours su porter lourd. Pourtant, elle est si menue, si rieuse et si légère!

La bouillie

Il était une fois une pauvre fille qui vivait avec sa mère et comme elles n'avaient rien à se mettre dans le bol, la petite s'en alla dans la forêt. Elle y rencontra une vieille fée qui lui fit cadeau d'un pot magique. Il suffisait de lui dire : « Pot, cuis ! » pour qu'il vous cuise une bonne bouillie bien consistante, et de lui dire « Pot, cesse ! » pour qu'il cesse !
Du coup, ces deux-là n'eurent plus jamais faim puisqu'elles mangeaient dès que l'appétit leur venait. Il leur venait d'ailleurs de moins en moins, mais elles mangeaient quand même.
Un jour que la mère était seule, elle se dit qu'elle avait peut-être bien un petit creux. Elle se mit en route une tam-

bouille. Elle se goinfra, et là, voulut bien un peu que ça s'arrête, mais ça ne lui revint pas de dire la formule. La bouillie déborda, remplit la cuisine, la maison, puis les maisons voisines, puis les routes du bourg se remplirent comme un grand bol prêt à nourrir le monde entier, quand enfin la fille arriva.

– « Pot, cesse ! »

Enfin.

Seulement, pour celui qui voulait rentrer dans le bourg, voilà qu'il lui fallait bouffer son chemin !

Et là, tu finis de manger ta soupe, et de mâcher ton pain !

Le gueux

Vous savez, vous, ce qui est arrivé au château, chez cette vieille rapiate à frisettes bleues qui se prend pour une ancienne beauté ?

L'autre jour passe un gueux, un vagabond, un vieux qui fait la route. Il soulève le marteau de cuivre astiqué sur la porte de chêne. Elle vient ouvrir.

– Qu'est-ce que tu veux ?

– Un morceau de pain, même un vieux, de ceux que vous donnez au chien.

– Qu'est-ce que tu t'imagines ? Que j'ai du pain à jeter ?

– Alors peut-être un petit bout de couenne.

– Tu me prends pour une charcutière ? Je n'ai déjà rien de trop pour moi.

– Une poignée de farine, juste une poignée. Je me la ferai cuire au soleil.
– Tu te crois dans un moulin ?
– Ah ! Par pitié, seulement un verre d'eau.
– Ici, pas d'eau, va-t'en vieille guenille.
Alors le vieux tourne le dos, baisse son froc, et sur le pas de cette porte sèche pose sa pêche, son colombin, enfin vous voyez ça, et l'autre, du coup, ouvre tout grand sa grande porte, sa grande bouche et gueule :
– Mais, tu es fou !
Et vous savez ce que lui a dit le vieux en remontant ses braies ?
– Hé ! Tu n'as qu'une pauvre bicoque vide où il n'y a rien à boire ni à manger, c'est juste une fosse d'aisances, et si ça se trouve, tu y étais occupée, dans l'urgence. Excuse-moi de t'y avoir dérangée mais moi aussi j'étais pressé.

La pelote de laine

La mère Maria, toute cousue d'or qu'elle était, gardait pourtant elle-même ses vaches tout en filant, tirant, tournant chichement de sa quenouille des mèches rêches jusqu'au fuseau. Le jupon maigre et la bouche mince elle allait sans entendre, quand un jour elle voit, là devant elle, au milieu du chemin, un peloton de laine fauve qu'avait sans doute perdu une jeune fileuse étourdie ou pressée. La vieille, pour l'attraper, retrouve ses vingt ans, court derrière la pelote qui roule, glisse, échappe et se faufile. Elle ne peut la saisir, laisse là sur le chemin sa quenouille et son fuseau, relève son jupon, cavale comme une folle et parcourt tout le pré, les chemins creux, les buissons, les broussailles, le pays. Enfin elle peut tenir le fil. Il l'entraîne et la mène au bout de la contrée, au bout du monde ! Elle l'enroule, elle tourne sa pelote qui grossit qui s'enfle et s'alourdit sans que pour autant le peloton qui la tire ne diminue.

La vieille échafaude tout ce qu'elle peut faire de cette laine rousse qu'elle tricotera puis vendra et avec achètera et encore et encore et ainsi enflera et grossira sa pelote, son magot. Elle court, enroule et pelote sans dormir, sans perdre le souffle, sans perdre l'idée, sans perdre le fil qu'à la fin elle coupe à regret car la pelote est si grosse qu'elle ne peut plus la tenir ni la retenir.

Et voilà que le peloton disparaît en sautillant dans les fourrés, et disparaît aussi la boule rousse que la vieille encageait dans ses bras fermés.

Depuis, on dit qu'elle court sans repos, toujours plus loin, loin de sa maison ruinée, du pays où caracolent aujourd'hui des jeunes gens pétaradants, pleins de musique. Ils rient de cette histoire dont ils ne croient pas un mot.

Pourtant écoutez-la, rappelez-vous et prenez garde quand vous trouverez un peloton fauve. Ramassez-le si vous voulez, mais cherchez avant de le garder quelle fileuse l'a perdu. Courez pour la trouver et le lui rendre. Alors une autre histoire pourra se raconter, se tricoter, vous divertir et vous vêtir.

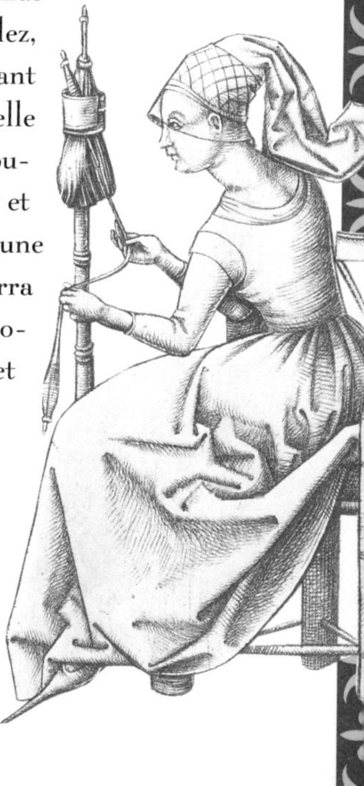

La vieille

Il était une fois, dans une grande maison, une vieille grand-mère qui n'y voyait plus, n'avait plus de dents et ne servait plus à rien. Elle vivait dans son coin, essayant de se faire oublier de sa fille qu'elle agaçait. Elle ne descendait plus au jardin où d'ailleurs personne ne prenait la peine de la mener. Ses mains tremblaient et ne savaient rien garder. Elle renversait sa soupe qu'on lui portait dans un vieux bol ébréché et restait là mouillée, à se faire gronder.

Elle ne disait rien et tremblait seulement, là où on l'avait posée, où elle gênait le moins le regard dégoûté des enfants impatients.

Un jour, le bol tomba et se cassa en trois morceaux. La fille houspilla, secoua et bouscula la vieille. Le gendre, agacé, s'en alla à l'étable chercher une écuelle de bois qui lui servait de mesure pour donner le grain aux bêtes.

La vieille la reçut sur les genoux, trembla un peu plus et soupira, l'œil usé à peine humide.

Alors sa petite-fille vint s'installer à ses pieds et joua à bricoler avec du petit bois de cageot qu'on gardait dans le panier, près de la cheminée, pour allumer le feu.

– Mais qu'est-ce que tu fais donc là, et qu'est-ce que tu fabriques, ma chérie ? demandent les parents amusés.

– Je fais une petite auge pour faire manger papa et maman quand je serai grande.

La vieille est revenue à table. On pose toujours devant elle un bol neuf, de la soupe qu'elle peut prendre tout son temps à faire refroidir et à souffler, et qu'elle peut même parfois renverser quand il lui arrive de trembler, mais c'est rare.

Ne te retourne pas

Dans le fond, c'est toujours la même histoire depuis que le monde est monde, et cette histoire est dans le Lac, comme l'ancien village qu'on y voit parfois les nuits de pleine lune.

Il y a longtemps, un vieillard fripé, tremblant, cassé en deux, demande du pain. Toutes les portes lui restent muettes, tout le long de la rue, du haut en bas, de la première à la dernière maison, à croire que son peuple a quitté cette terre, l'œil sec, la face sans bouche. Le vieux passe, le vieux est passé et va s'en aller de cette cité morte, quand à la sortie un peu loin il trouve encore deux cabanes. Il entre dans la première où la femme lui ment qu'il n'y a plus de pain chez nous pauvre homme, tout en jetant vite une serviette sur la corbeille d'où dépasse un peu de croûte dorée. Dans l'autre, une vieille trait sa chèvre, assise sur son trépied, le seau entre les jambes, la nifle mouillée frottant sa manche. Il lui demande un peu de lait que tout de suite elle lui donne à boire au bec de son seau.

Ce pauvre, bien sûr, était une de nos Grandes Personnes. C'était saint Pierre, en tournée, incognito, venu pour voir un peu de la part du Patron comment tournait le monde. Il dit à la bonne femme de se préparer sans craindre à entendre un grand branle-bas car il va remettre un peu d'ordre, punir ce bout d'humanité sans cœur, et engloutir le village dans une fente béante de la terre.

– Surtout, bonne femme, entendez-moi bien, ne craignez rien, mais au nom de

Dieu, ne vous retournez pas. Continuez tranquille de traire votre chèvre.
Et là-dessus, d'un grand revers de colère il bouscule tous ces cubes sauf celui de la vieille. Mais la curieuse, inquiète, ne peut s'empêcher de tourner la tête, et voilà que d'un coup, elle et sa cabane dégringolent et plongent en un clin d'œil au fond d'un lac tout neuf qui clapote paisible, comme si plus rien n'était, n'avait jamais été depuis des siècles.

Parfois, si on reste là longtemps à rêver en pêchant ou pêcher en rêvant par temps clair, on finit par voir la vieille, au fond de l'eau, dans un rai de soleil, toujours à traire sa chèvre et à s'essuyer le nez.
Elle a fait comme la femme de Loth, trop soucieuse de ne pas voir ses filles devant elle. Celle-là qui est devenue pierre à sel que les chèvres lèchent, encore maintenant, en passant chaque

jour à ses pieds. Or tout ce que leur langue enlève revient sur elle en sel tout frais dès le lendemain matin.

Quand on vous dit d'aller de l'avant, il faut y aller sans broncher, sans douter.

N'empêche que,

Les deux filles de Loth étaient bien devant, avec leur père. Ils vécurent tous les trois dans une Caverne. Et ces filles-là se faisaient du souci car il n'y avait plus d'homme pour continuer l'espèce. Alors elles ont soûlé leur vieux et ont couché avec. Il était complètement cuit, il ne s'est aperçu de rien.

Elles ont eu chacune leur fils. Après, on ne sait pas. L'ont-elles soûlé encore un coup pour avoir des filles, qui couchent avec leur frère ou leur cousin ?

Le clou

Les affaires ont bien marché et ces deux-là reviennent dans leur carriole, contents de leur journée, la sacoche pleine et sonnante. Il ne leur reste plus qu'à rentrer à la maison avant la nuit. Hue Cocotte !
À midi, on s'arrête pour faire la pause et se remplir un peu la panse. On va pour repartir, mais la femme qui a l'œil remarque qu'il manque un clou à un sabot de la jument.
– Pendant qu'on est en ville, il faudrait bien la ressemeler, bonhomme.
– Laisse courir. Pour les vingt kilomètres qui restent, ça tiendra bien jusque-là.
À la prochaine halte, histoire de boire une chopine et de donner de l'avoine, on

se pose, et la bonne femme qui a l'œil à tout :
– Elle a perdu son fer. Il faudrait passer chez le ferrant, pendant qu'on est là tout près, assis au frais.
– Laisse donc. Pour les dix kilomètres qui restent, ça ne vaut pas le coup. On y est presque. Je ne veux pas m'éterniser.
On remonte, et hue Cocotte. Mais Cocotte se met à boiter, ralentit, trébuche, et puis ne bronche plus. Elle est tombée et s'est cassé la patte.
Du coup, ils prennent leur sacoche, leur fourbi et continuent la route à pied. Ils arrivent chez eux à tâtons dans la nuit sans lune.
Il peste et râle :
– Tout ça, c'est de la faute au clou !
Elle hausse les épaules et s'en va faire chauffer un peu de soupe.

Éphira

En Grèce, il y a longtemps, un riche marchand de fil avait une fille qu'il voulait marier à un homme de belle condition.

– Éphira mon enfant, je vais à mes affaires, je t'emmène en bateau et si les dieux nous accompagnent, un beau mariage pour toi t'attend à l'arrivée.

Ils s'embarquent tous deux et s'affairent d'île en île, le père à son négoce, Éphira à ses rêves d'alliance, quand une formidable tempête retourne le navire chargé. Il s'échoue sur un rivage inconnu. Éphira se retrouve toute seule, gorgée d'eau, grelottante. Une famille de tisserands la recueille, partage avec elle sa pauvreté et son labeur. Son passé, ses rêves se sont

effacés de sa mémoire. Elle apprend le tissage.
Or un jour qu'elle revient du puits avec son eau, à nouveau son destin chavire. Des marchands d'esclaves la capturent et la poussent jusqu'au marché d'Istanbul. Elle est mise en vente. Un homme l'achète. Il cherchait des bras robustes pour son chantier, mais il la voit si perdue qu'il a pitié. Sans doute se dit-il qu'il peut lui faire la vie plus douce qu'un autre maître. Il veut faire d'elle une servante pour sa femme. Il rentre chez lui. Il apprend qu'il est ruiné. Des pirates ont fait main basse sur ses biens. Il n'est plus question de servante ni de manœuvre. Il redevient ce qu'il était, faiseur de mâts. Il met Éphira à l'ouvrage. Elle travaille si bien que son maître l'affranchit, en fait son associée et la charge de conduire et vendre une cargaison en Malaisie.
Elle part mais n'arrive pas. Un typhon la roule jusqu'aux rivages de Chine. Elle

désespère puis pose des questions que personne n'entend. Elle se relève, marche et se risque plus avant dans ces terres inconnues.

Or, en Chine, se transmet de génération en génération une légende ancienne. Cette légende dit qu'un jour viendra une étrangère à la peau blanche qui saura réaliser pour l'Empereur ce que personne ne sait encore faire : une maison de toile, une tente. Et donc chaque empereur a coutume d'envoyer quatre fois l'an, à chaque nouvelle saison, aux quatre coins de l'Empire, dans chaque ville chaque village, des messagers chargés d'ordonner que toute femme étrangère soit accueillie puis présentée à l'Empereur.

Voilà comment Éphira se retrouve un jour devant l'empereur de Chine qui lui pose la question précieuse :

– Madame, savez-vous faire une tente ?

– Je devrais savoir, répond-elle.

Elle demande une corde, mais nul dans ce pays ne connaît ce mot-là. Lui revient le temps où elle filait. Elle ramasse du lin qu'elle maltraite comme il faut pour en avoir la filasse. Elle en fait plusieurs fusettes de fil, elle les réunit en sept brins, elle les tord.

Elle demande de la grosse toile, mais on ignore tout de cette chose-là. Elle se rappelle le temps où elle tissait et tisse elle-même une toile rude et serrée comme il faut.

Elle demande des piquets, mais on la regarde sans comprendre. Elle se souvient qu'elle sait tailler des mâts. Qui peut le plus peut le moins. De ses mains sortent des piquets comme il faut.

Quand tout est prêt, elle ferme les yeux, cherche et trouve dans sa mémoire toutes les tentes qui l'ont abritée et protégée des vents, du froid, de la neige et du soleil de ses voyages. Ainsi, un matin, la légende devient réalité. L'Empereur contemple la première tente de son empire, si longtemps attendue. Il lui en dit grand merci. Éphira est finalement mariée à un prince mongol aux yeux tendres. Elle avait rêvé de lui sur le bateau de son père. Enfin heureuse, elle se dit, sans faire d'histoire, qu'à toute épreuve malheur est bon, et que tout vient à point à qui sait vivre chaque instant.

Au bal du fil

Dans un temps pas si vieux où les routes sont encore étroites et longées d'arbres, une riche demoiselle paresseuse est à son rouet parce qu'il faut bien y être, mais elle y pédale à regret, du bout des fesses, du bout des doigts, du bout des lèvres. Elle ne pense qu'à la danse. Elle bâcle, gâche la filasse et sort un fil grossier qui lui suffit bien. Dès la corvée levée elle s'en va tourbillonner. Elle connaît toutes les danses, toutes les chansons. Elle est de bonne compagnie, plaisante et rieuse. Les garçons la cajolent, elle est appétissante, sans souci ni méchanceté.

Dans sa maison vit une servante qui cire les parquets. Elle est mignonne, alerte, et s'active gentiment. Les deux filles ont le

même âge, le même rouet qui tourne dans le même sens, celui de la belle dans une grande chambre vers le parc. La fille monte au sien dans sa chambre petite et basse sous le toit, sa journée finie, les maîtres bien servis, la vaisselle rangée, la grande chambre balayée, la filasse de la demoiselle, ramassée.
Et dans les balayures, ma foi, elle se sert pour filer des rejets de la jeune maîtresse. Elle en fait un fil fin et souple. Dans son coffre de bois peint s'entassent les écheveaux.

Bientôt, on parle des noces de la demoiselle avec un jeune cavalier de la vallée voisine. Toutes les dames font leur robe, tissée de lin filé par chacune.

La veille au soir il y a grand bal où toutes les filles vont pour rire, danser et s'amuser. Et tourne la danseuse dans les bras du fiancé qui voit tourner pas loin la jolie

servante à la robe légère. La fiancée passant près d'elle fredonne en riant :
– Avec ce que j'ai jeté sur le parquet tu peux filer, tisser, danser toute la vie.
Le galant lui demande ce qu'elle veut dire. La fille n'est pas mesquine et lui raconte comment sa servante a pu, ramassant ses restes, en faire le fil et le tissu et la robe qui virevolte autour d'elle. Alors le garçon ralentit sa danse. Il songe, pèse la riche et la pauvre, et plante soudain l'une pour aller faire tourner l'autre en lui demandant sa main. Ce qu'elle lui accorde très simplement.

La demoiselle s'en consola fort bien car des garçons, il y en avait plein, il y en avait tant, de toutes les tailles, de toutes les couleurs, pour tous les goûts, qui aiment travailler ou préfèrent danser.

Ainsi, Dieu merci, chacun trouve midi à sa porte.

Accouche !

Le grand garçon est étudiant. Il prépare un examen. Il ne se sort pas de sa dissertation, se dessèche comme une sardine qu'on aurait oublié de mettre dans l'huile. Il peine, il souffre, ne dort plus ne boit plus ne mange plus, et il faut qu'il en ait fini pour demain.
Sa mère, en faisant la vaisselle, s'inquiète. Elle ne comprend pas bien pourquoi son fils a tant de mal à sortir de ces pages bien propres, des mots qu'il étudie depuis qu'il est petit parce qu'elle s'est saignée aux quatre veines pour qu'il aille jusqu'à la grande école, et peut-être même après si Dieu veut.
– À te voir là et t'entendre soupirer comme ça, mon fils, on croirait que tu

souffres autant que moi quand je t'ai mis au monde !

– Bien plus, ma mère ! Quand on accouche, il suffit d'avoir un enfant dans le ventre et il finit toujours par sortir. Mais moi, regarde, mon ventre est vide. Comment tu veux que je m'en sorte ?

Au fil de l'eau

On dit que fut trouvé un beau matin sous un gros caillou qui remonte au Déluge, dans une poterie scellée comme un œuf, un texte brodé sur un tissu, le long journal de voyage d'une belle-fille de Noé. Elle y parle des femmes de l'Arche, de leurs chiffons et de leurs querelles, de leurs ustensiles ménagers, de leur métier à tisser encore peu encombrant, de leurs fuseaux, de leurs navettes, leur fil et leurs aiguilles. Elle y parle aussi de son aventure dont voici l'essentiel.

Tout le monde sait que Dieu, se souvenant soudain de l'Arche et de Noé, calma enfin ses débordements. Noé alors envoya, pour aller un peu voir, un corbeau qui fit la navette sans pouvoir se poser, puis une colombe qui, ne sachant où mettre les pattes, s'en revint. Après, il en lâcha une autre qui rapporta un rameau d'olivier. Mais ce qu'on ne sait pas, c'est qu'à la place de la troisième colombe, c'est une femme qui y alla voir. Une plus curieuse, plus aventureuse et plus hardie que les autres. Elle voulait savoir par elle-même où en était le niveau des eaux.

Elle discuta longtemps, cajola, câlina, bouda un peu, tapa du pied et fit tant que Noé, pour maintenir la paix et rester maître à bord, lui dit d'aller au diable, et qu'elle prenne toutes ses affaires, et qu'elle s'en aille où elle voudrait et qu'elle s'en revienne si elle voulait, quand elle serait calmée.

Comme elle ne volait pas, on lui mit un canot à la mer, une coquille de noix. Elle fut débarquée avec son baluchon et une

brebis pleine née dans l'Arche, car cela faisait déjà un bon moment que tout ce petit monde flottait. Elle mit dans ses bagages son fil et ses aiguilles, son métier, une pièce de toile, ses fuseaux et ses fusettes. Enfin bref, elle prit ses affaires.
La voilà donc embarquée à ramer, à tant ramer qu'elle en a les bras durs comme le bois de ses rames. Fille de Dieu ou fille du Diable, toujours est-il que lui vient, de la colombe légère qui suit les courants d'air, les ailes déployées, l'idée de tendre une voile sur sa barque. Elle dresse ses rames qu'elle lie en croix, déplie et déploie son tissu, et sur cette vergue, hisse la première voile.
Cette fille marine devait bien plaire à l'Éternel car il lui souffla un bon petit vent arrière qui la mena tranquille, les mains libres pour s'occuper à broder cette histoire.
Elle aborda un matin de printemps au pied d'un arc-en-ciel. Elle y accosta, ran-

gea sa barque, ramena la voile, s'en fit une tente, but une giclée du lait de sa brebis, et attendit les autres tout en cherchant des champignons, car après une telle pluie et un si beau soleil, tout le monde sait que les champignons poussent comme des champignons !

Rappelez-vous que dans les Saintes Écritures, la troisième colombe ne revint pas vers l'Arche. Rappelez-vous aussi que cette femme fut la première de la marine à voiles, et la première à toucher terre et se poser pour se remettre gentiment à son métier à tisser et à son fil. On sait que la brebis était pleine mais rien n'empêche de penser qu'elle aussi voulait faire un petit, tranquille, sur la terre ferme.

De leur côté, ceux de l'Arche eurent tout le temps d'arriver à pied sec pour la retrouver, elle et tout ce qui avait reverdi et qui était né en les attendant.

Le crapaud

Assise sur un talus vert au pied de la tour qui garde la ville, les jambes pendantes, une fille rêvasse quand elle voit sortir du crapauduc, entre deux touffes d'herbes, un crapaud donc, à la peau verruqueuse. Vite elle étale près d'elle son foulard de rayonne bleu vif car il paraît que les crapauds aiment infiniment s'y planter le cul, cuisses écartées genoux en l'air.

Dès qu'il voit briller le soleil dans ce bleu qui lui plaît tant, le crapaud fait demi-tour et revient y déposer sa couronne d'or fin et de pierres crapaudines, puis il va se baigner. La petite s'en émerveille et prestement la fait disparaître dans la grande poche de son tablier. Quand le crapaud revient, ne voyant plus luire sa couronne il la cherche, s'agite, se désespère, saute et coasse, pleure et se lamente, et puis se jette contre le mur de la tour. Il y frappe sa large tête, s'y éclate les yeux et finit par tomber mort.

Ah ! Si seulement la jolie vorace lui avait laissé le temps de l'amitié, il est sûr que le crapaud aurait longtemps fait ses navettes, lui apportant là, sur ce miroir bleu, les uns après les autres pour les offrir au soleil, tous ses trésors, et Dieu sait !

La robe de noce

Il y a très longtemps, bien loin, vécut une jeune fille qui, comme les autres, filait, tissait, brodait, jour après jour, faisant ce que sa mère lui avait appris, comme sa propre mère elle-même lui avait appris. Vint le moment où elle voulut commencer sa robe de noce, sa robe de femme, sa robe de vie. Assise dans sa chambre entourée de cyprès, elle fila le lin, puis tissa l'étoffe, la tailla et puis la cousit. Quant à la broder, il fallait qu'un rêve lui donnât l'initiale de celui à qui elle était destinée et qu'elle devrait aimer, pour l'inscrire au fil rouge sur ce vêtement qui ne la quitterait jamais.

Elle ne l'a pas brodée car elle mourut avant. Sa robe inachevée, pliée, fut serrée dans un coffre fait du bois de ses cyprès et confié au fleuve où il flotta de longues années.

Un jour le coffre échoue. Un garçon l'aperçoit, l'arrime, le hisse, l'ouvre, y trouve cette longue robe candide si fine et bien taillée, cousue à points si réguliers. Elle sera pour sa bien-aimée trop pauvre pour préparer son trousseau d'épousée. La robe est à sa taille. Elle commence à la broder, à remplir de points de croix de laine vive la toile qu'a apportée le fleuve.
Elle n'y raconte pas grand-chose car le garçon meurt. Elle replie la robe, la remet soigneusement dans le coffre qu'elle rend au fleuve qui le donne à la mer pour des années encore.

Une vieille pauvresse, un matin, triait le poisson sur la grève et vit ce coffre entrouvert que les pêcheurs avaient abandonné, intéressés peut-être par quelques pièces d'or, mais n'ayant rien à faire d'un chiffon.
La vieille avait une fille à la chevelure d'or et les garçons la courtisaient, mais elle restait sage et silencieuse. Elle était douce aux autres et dure à la peine. Son sourire illuminait les jours difficiles de son village perdu dans les rigueurs de Dieu quand Il oublie qu'Il a posé là quelques hommes et que leur vie est courte.
La robe était intacte dans ce coffre éraflé. La vieille n'osa la toucher. Elle referma le coffre, le chargea sur son dos cassé, le déposa aux pieds de sa fille.
– Tatiana, vois ce que le destin fait venir de la mer jusqu'à toi.
Tatiana déplie le vêtement si vivant, bouleversée.

– Mère, j'ai rêvé cette nuit de cette robe. Mais elle était brodée d'or, de haut en bas. Elle pesait lourd et tenait droite, seule. Je l'attendais, elle m'est venue. Je sais bien ce qu'elle veut que je fasse d'elle.

À chaque instant volé, ses tâches accomplies, autour des points vifs et rustiques qui marquaient à son arrivée le cœur de la robe, elle reprend la broderie en longues aiguillées du fil d'or de ses cheveux. Elle avance, cheveu après cheveu. La toile s'alourdit de volutes épaisses.
Sa mère lui demande :
– Mais, ma fille, sais-tu donc bien qui attendre, quel fiancé ? Connais-tu son visage ?
– Non, ma mère. Mais lui connaît le mien et lui m'attend. Je ne connais que les battements de son cœur dans mon cœur.
Tatiana aimait ce travail par-dessus tout. Elle souffrait chaque fois de l'interrompre, mais son obéissance était par-

faite et elle répondait à l'instant aux appels de sa vie quotidienne.

Un jour que sa mère vient la demander pour gratter la terre trop sèche, elle laisse là son aiguille enfilée, les yeux brouillés de larmes. Elle était tout près de saisir un effluve, un parfum fugitif et provocant, d'entendre à son oreille un souffle, un chuchotement, une parole du bien-aimé tant attendu.
Sous le soleil terrible elle fait le dur travail qui crevasse les mains.
Ce soir-là, la nuit venue, retirée dans sa chambre, elle veut reprendre son aiguille et voit devant elle la robe brodée en son entier, ensoleillée comme un ostensoir. Elle retire sa coiffe. Elle s'avance éblouie, et sent soudain sa tête nue. Elle est chauve, l'ouvrage est fini, sa robe est prête. Elle sait que l'Aimé est là, tout près. Alors, elle met sa robe et l'attend dans cette chambre nuptiale.

Au matin, sa mère qui ne la voit pas venir la cherche et la trouve, les yeux clos, debout, portée par sa robe d'or. Sa chair est de cire. La chambre est baignée d'une lumière vivante. Dehors, une pluie fine commence à tomber. La terre si sèche respire, s'entrouvre de murmures et d'odeurs moites et puissantes, si vite qu'elle verdit de toute part, à l'infini, comme une langue jusqu'à la mer.

Autour de Tatiana, on dressa une tour pétrie de terre, une jarre qu'on ouvrit devant elle d'une niche, pour qu'on la voie dans sa robe, sous son voile d'étamine légère qui laisse briller sa calvitie de nonnette. Le ventre de la jarre est poli par les mains de milliers d'amoureuses, de milliers de femmes en mal d'enfant, de milliers de suppliantes qui viennent y trouver l'apaisement de leur peine, l'espérance de leur vie, et souvent le miracle.

Sainte Véronique

Sainte Véronique était lingère et de ses doigts légers cousait, brodait pour les nobles et les riches, des voiles nuageux, délicats et fragiles.
Elle était à ses aiguilles et à son fil quand passa, portant sa croix, Notre Seigneur et tous ces soldats et la foule qui le poussait au Golgotha. Elle sortit pour savoir quel était ce tapage, son ouvrage dans les mains, son dé piquant encore l'aiguille dans l'ourlet qu'elle finissait.
Elle n'a pas eu à aller loin car Il était là, cet homme, le visage meurtri plein de poussière, de sueur, de sang, les yeux rouges et brûlants. Alors, ce fut simple ! Elle sortit le fil de l'aiguille qu'elle piqua sur le revers de son tablier, et, du linge

fin qu'elle travaillait, elle épongea le visage sauvagement couronné de Celui qui allait à sa gloire par ce chemin déchirant, et passait justement devant elle. Quant à la trace qu'Il a laissée sur cette toile devenue précieuse, elle ne l'a peut-être même pas remarquée. C'est dans le fond du cœur que s'impriment ces choses.

Un pèlerin

Il y avait une fois un Sage Vieillard, ou un Vieillard sage, peu importe, de toute façon cela rassure de mettre ensemble ces deux mots. Bref, on disait de lui de belles choses de lumière secrète qui allumaient le cœur des pèlerins, mettaient des étincelles à leurs sabots, et les envoyaient courir après lui sur les routes. Voici donc qu'un de ces routards le cherche, traverse monts et vallées, villes et villages, déserts et océans, tout ce qu'il faut pour faire le bout du monde.

Il arrive enfin à la cabane où il pense le trouver. Ému, il frappe à cette porte sacrée. Une vieille mégère traînant savates vient lui ouvrir, cigarette au bec, dépenaillée, hargneuse.

– Qu'est-ce que vous voulez ?

Notre pèlerin, poliment, lui demande s'il peut se prosterner devant le Sage, son mari. La virago l'insulte, lui demande s'il s'est farci la route seulement pour voir cette vieille baderne, ce vieux débris sans le sou qui n'a jamais été capable de dire dix mots intelligents à la file et n'a jamais été foutu de lui assurer une bonne retraite ailleurs que dans cette vieille baraque pourrie.

Le voyageur, interloqué, sent lui monter au cœur larmes, doute, désespoir et colère.

– Savez-vous seulement de qui vous parlez, pauvre folle ? Savez-vous que vous n'êtes pas digne de manger ses miettes et de vous coucher à ses pieds ?

La vieille lui a depuis longtemps claqué la porte au nez.

Alors il cherche, demande. Un paysan lui dit que le Vieux de la Vieille est allé au bois mort. Il prend le sentier, se perd dans ses pensées outrées, et voilà qu'à un détour il le voit arriver vers lui, éblouissant, debout tranquille dans sa charrette remplie de grosses bûches et tirée à quatre ailes par un couple d'aigles royaux. C'est bien lui, c'est le Vieux. Le pèlerin se trouble. L'autre le regarde et s'amuse.

– Oh ! Je vois bien comment trotte ta cervelle. Mais toi qui as marché si longtemps pour me trouver, tu sais ce qu'est le but et l'effort. D'où crois-tu que me viendrait la force de ces aigles si je n'avais pas ma route à faire vers ma mégère ? Si je n'avais pas à la supporter quel serait le fardeau et quel serait le but, et où serait la force s'il n'y avait pas de fardeau ?

Cette femme-là, savait-elle où elle menait son homme ?

Le fil rouge

En Arménie vivait une vieille avec son fils chemineau qui allait les chemins à vendre n'importe quoi au hasard de ses trouvailles. Il était vif et pas manchot, alors d'un rien il fabriquait sifflets, appeaux, pipeaux, manches de serpette et de bêchard. Selon les saisons il ramassait et vendait. Il était propre, aimable, de bonne figure. Il s'appelait Vreige. Son père n'avait fait que passer, laissant sa mère toute seule, le ventre aussi gros que le cœur. Et lui, comme pour régler un compte, voulait trouver une fille à aimer, à engrosser pour la garder et l'épouser, comme il l'aurait voulu pour sa mère, comme pour la réparer. Chez ces deux-là, tout allait dans le même sens.

Il rencontra un jour une jolie belle tournée juste à sa taille. Il était comme l'olive, petit, l'œil fendu, le cheveu de corbeau. Elle était menue, ronde et blonde et mousseuse, la pommette haute, l'œil rieur. Ils se promenèrent dans les bois, ils traversèrent le pont dans un sens et dans l'autre et que je t'accompagne et que je te raccompagne.

Pour lui tout allait bien. À la maison il ne parlait de rien, il n'avait pas idée. La mère devait bien penser mais ces deux-là qui s'aimaient fort n'avaient jamais eu d'autres mots que : « Prends bien garde mon fils - N'aie crainte ma mère. » Cela pour les jours de grand vent. Sinon, pour se passer le pain, le geste suffisait, la tête hochait le oui, le non, les yeux disaient merci.

Quant à la fille, on ne savait pas grand-chose d'elle si ce n'est que la voix étrange de sa mère qu'on ne voyait jamais, l'appelait « Chérie-Mienne », en traînant comme une plainte pointue sur « Mièèèèèène ».

Or un matin, la mère du garçon posa le bol et parla :

– J'ai fait un rêve, mon fils. Cette Jolie que tu emmènes au bois attend de toi un enfant. Elle le tricote dans son ventre, d'un fil rouge qui ne sort plus la pelote à ses lunes. Que vas-tu faire ?

Vreige en resta ahuri. Était-ce la longueur du discours ou les mots, tout ce flot qui noyait le reste sans qu'il comprenne rien d'autre que ce ventre plein comme celui de sa mère, d'un enfant comme lui venu.

– Que vas-tu faire, Vreige ?

– Mais, la marier, ma mère.

– Alors, va le lui faire savoir, mon fils.

– Oui.

Il était content. Il aurait un gamin, et sa vieille un petit-fieu. Il lui monta doucement des gloussements de grand plaisir. Il courut attendre sa Jolie de l'autre côté du pont. Il attendit longtemps, elle ne vint pas, ni demain ni après-demain. Il voulut l'appeler mais il ne l'avait jamais nommée.

Un soir en mettant la bâcle sur la porte, la vieille dit :

– Mon fils, il va te falloir mieux garder ta Jolie. Sa mère est en train de détricoter l'enfant. La brassière qu'elle en fait n'a plus de manche et bientôt plus de col. Avec son aiguille elle la défait.

Vreige alla cogner, frapper, taper, crier autour de la maison de la fille, cherchant des mots pour l'appeler. « Ma Mie, m'Alouette gentille, mon Cœur, ma Vie », des jours et des nuits, jusqu'au soir où le volet du grenier s'entrouvrit. Une voix d'hyène en sortit.

– Va ton chemin, chemineau. Ma fille est mienne et j'ai d'autres envies pour elle que de te la donner. Je la défais de toi, n'y reviens pas !

Dans un vilain rire, tout se referma.

Vreige rentra chez lui. Sa mère veillait. Elle tricotait, vite vite, d'une laine rouge fine comme un zéphyr une brassière petite mais bien faite, avec toutes les mailles sans qu'il en filât une seule, vite vite, et sans lever le nez. La soupe n'était pas faite mais ne manquait à personne. On mangerait plus tard.
Penchée sur son ouvrage, elle priait. La Vierge de l'Icône, derrière elle, semblait compter les mailles, attentive, éclairée par la flamme de la bougie qui arrivait à sa fin. Le soleil allait tout à l'heure apparaître. La vieille finit, de son aiguille à grand chas, le dernier assemblage. De ses dernières dents elle tranchait le fil, quand on cogna à petits coups à la fenêtre.
– Vite, va ouvrir, Vreige.
Sur l'appui, une alouette épuisée boitillait. Vreige la cueillit, la réchauffa dans ses paumes, la baisa la bécota en pleurant, riant :

– M'Alouette gentille, ma Mie.
Au coin du feu lui fait un nid, lui ouvre le bec, y glissant quelques gouttes de vin cuit, cui, cuicui. Dans le nid, l'oiselle dépose un œuf petit et fragile à la coquille encore molle. La vieille s'approche, met l'œuf dans la brassière et ainsi sur le lit, et là un tout petit enfant à peine fini s'agite, gigote, vagit, puis braille, pas bien fort mais braille quand même. Le soleil entre, l'alouette s'endort.
– Vreige, le travail n'est pas fini. Il te faut maintenant aller tuer l'« Hyène » et brûler sa maison. Que la Vierge t'accompagne, te guide, t'aide et te protège. Là-bas, débrouille-toi, mon fils, c'est ton ouvrage.
Le garçon s'en va et par grâce revient, laissant derrière lui dans les décombres fumants la peau vide d'une hyène.
À son retour, sur le lit, il voit son fils dans les bras de l'accouchée, revenue à elle, tout alanguie d'un sourire pour lui, si bleu.

– Mon Ami, grand merci de m'avoir appelée. Ni Mie ni Cœur je n'aurais pu te rejoindre, mais Alouette j'ai pu m'enfuir, voler, te retrouver.
La vieille ranima le feu et s'en retourna à la soupe.

Il paraît que, depuis, on trouve parfois des enfants dans les jardins, les jours de Pâques. Alléluia ! Alléluia !

Le dénouement

Au Japon, dans un fond de vallée perdue, Tonpei vivait pauvrement dans une hutte avec sa mère Yuko qui allait et venait, tissait des herbes pour en faire des nattes, des couvertures et des sandales, cousait, ravaudait, déterrait des racines, attrapait des insectes, cuisinait, s'activait.

Quand elle eut ses soixante ans, elle se mit en quête d'une bru, d'une bonne et solide femme pour son garçon. Elle la trouva et lui apprit tout ce qu'elle savait et comment le soigner. Elle lui remit son vêtement de prière. Puis elle dit à son fils qu'elle, si vieille, avait fini son travail et n'avait plus rien à faire au monde. Elle lui ordonna donc de la conduire en haut de la montagne pour qu'elle puisse y nourrir les vautours, selon la coutume, et laisser sa place aux bouches à venir.

Tonpei, le cœur à l'envers, sait qu'il lui faut obéir. Comme elle l'a porté dans son ventre, avec amour il la porte sur son dos sur les chemins terribles. Plus ils montent, plus son fardeau lui pèse. Arrivée au sommet, Yuko ordonne à son fils de la laisser là et de la quitter sans se retourner. Tonpei ne le veut pas, pleure, se blottit encore dans le giron de sa mère. Alors Yuko lui lance un formidable coup de poing dans la figure, le chasse, l'expulse encore une fois.
Et Tonpei laisse là sa mère, s'enfuit en courant, se meurtrit les pieds, refait le chemin inverse qui le mène à sa maison où sa femme le déchausse, lave et soigne ses pieds ensanglantés, puis lui sert la soupe.

Ainsi se déroule le fil de la vie.

Sainte Geneviève

Sainte Geneviève, patronne de Paris, était, dit-on, une fille du Ciel. Elle vivait au temps de Clovis, et, toute bergère qu'elle était, elle conseillait le roi qui s'en trouvait toujours bien. C'est qu'elle était sage et gardait aussi bien ses moutons qu'elle garda bien les Parisiens.

On dit que quand elle était petite, saint Germain, l'évêque d'Auxerre, l'avait repérée dans la foule tant elle était lumineuse. Il a demandé qu'on la lui amène, et lui a remis un sou en cuivre qui venait de tomber du ciel, juste à ses pieds. C'est pour vous dire qu'elle n'était pas ordinaire. C'était déjà un signe.

Elle avait, sans en être larmoyante, le don des larmes, de ces larmes qui viennent de l'émotion du cœur qu'elle avait comme un soleil, et dans son oratoire elle laissait couler de cette rosée, et cette rosée faisait reverdir le plancher.

Une nuit qu'elle voulait aller avec quelques autres prier à la basilique Saint-Denis, voilà qu'une pluie battante éteint la torche que portait la première. Geneviève la prend. Elle se rallume toute seule, comme d'un claquement de doigts. Sa main portait la lumière !

Donc, elle était pieuse, sage, efficace et toute jeune quand Attila est arrivé avec ses Huns. Comme vous savez, derrière eux il ne restait pas grand-chose. Les Parisiens voulurent s'enfuir. Alors elle monta sur la colline, les houspilla, puis les rassura. Elle leur promit que ces hordes ne passeraient pas par Lutèce. Contre toute logique, Attila fit un détour par Orléans où il reçut la volée de sa vie.

Une autre fois, beaucoup plus tard, Clovis, qui était à Soissons, veut prendre Paris. Il l'assiège. Les vivres s'usent jusqu'à manquer, comme toujours. Le peuple crève de faim et de peur. Alors Geneviève part à la tête de onze barques, remonte la Seine jusqu'à Troyes, puis l'Aube jusqu'à Arcis. Elle les fait charger du beau blé de la Brie, puis redescend tranquille sans rencontrer personne. Paris peut résister, Paris résiste, longtemps. C'est là que Clovis se fait chrétien et entre enfin dans sa capitale qui lui ouvre toute grande la Porte du Royaume de France.

Ça, c'est le travail d'une sacrée sage femme !

On dit que c'est saint Éloi qui a ciselé la châsse en or dans laquelle elle est censée dormir. Elle n'y dort que d'un œil, en bonne bergère, et continue sûrement de veiller sur son troupeau.

La filaire

C'est l'histoire d'un homme qui, un jour, a voulu mettre son œil à une fente de la terre pour y voir ce qu'y faisaient les hommes de sous terre, et savoir si chez ces hommes il y avait aussi des femmes, des fleurs, des animaux et lesquels et comment ils vivaient. À vouloir tout savoir, il restait des heures, et puis des jours, l'œil collé à ce trou sombre et froid, y sentant parfois un grouillement humide, un frôlement dont ses cils frissonnaient.

Or un matin en sortant du lit, voilà qu'il a l'œil gros, plein de remuements. Il voit gris tout emmêlé. Alors, couinant comme un affolé, il court chercher la vieille qu'il appelle marraine. La bonne femme le met à la lumière du soleil, pour y voir, et y voit, qui lui sortait du blanc, la queue d'un ver, d'une filaire mince et pointue comme un fil mouillé noir, le bout d'une pelote, un fil fragile comme du verre.

Et tous les jours au lever du soleil, il allait trouver la vieille qui, tous les jours, sur une brindille de bois fine comme une allumette en guise de canette, pour lui tirer le ver de l'œil, lui enroulait doucement sans le casser (surtout pas le casser sinon tout est à recommencer), sans le forcer, tous les jours un petit bout du ver, un tour de la longue filaire qui s'embobinait petit à petit, autant de jours qu'il avait laissé son œil au trou défendu.

Dame Rose

Il fut une fois encore et comme toujours un petit pays dont les hommes voulurent chasser un seigneur installé sur leurs meilleures terres. Il s'était enfermé dans une forteresse avec ses gens et dame Rose son épouse. On combattit longtemps. Les vivres vinrent à manquer. Le seigneur espérait un renfort, qui ne vint pas. L'ennemi s'avança sous les remparts.

– Rendez-vous, vous êtes perdus, votre armée est en déroute.

– Jamais tant que je serai vivant.

Dans le château, chaque heure du jour voit un mort. Dame Rose veille, soigne, assiste, console et toujours prie. Elle dit enfin à son mari :

– Seigneur, il nous faut nous rendre, nous ne pouvons plus tenir.
– Sans doute, mais qu'on m'y oblige car moi je ne demanderai jamais rien.
Alors dame Rose monte à la plus haute tour.
– Madame, rendez-vous, nous préparons l'assaut et nous vous savons si bonne et secourable qu'il nous plairait de vous épargner.
– Me laisserez-vous emporter mon bien le plus précieux ?
– Oui Madame, mais nous ne laisserons passer d'autre charge que celle que vous pourrez porter.
– Merci.
Elle disparaît.

Le peuple s'était massé autour du pont-levis, plein d'admiration pour cette vaillante qui avait supporté ce siège interminable. Il avait formé une garde d'honneur chargée de protéger cette

Dame qui se rendait. Mais ils étaient curieux. Quel pouvait bien être son bien le plus précieux ? De l'or, quelques saintes médailles ? Les langues tricotaient.

Le pont-levis s'abaissa. Tous les visages se tendirent vers la grille de fer et ce fut grand silence. Dame Rose apparut dans l'encadrement, portant avec peine son bien le plus précieux, son seigneur, assommé, buté, blême et fermé.

Le chef fit présenter piques et hallebardes, poussant l'hommage jusqu'à décharger cette femme de son fardeau et rendant honneur à tous deux qui s'en allaient, vaincus, la tête haute, suivis de leurs derniers défenseurs, entre deux haies de soldats qui s'y connaissaient en bravoure.

Noël

L'Enfant-Dieu est né à minuit dans une étable et tout se passa bien sans doute puisqu'on ne dit jamais que la mère a gémi, que l'enfant a crié. Il a dû faire attention de ne rien déchirer, de venir en glissant, gentiment comme une savonnette.

Marie s'est endormie pendant que Joseph veille et que le Bœuf et l'Âne soufflent.
Le jour s'est levé. Le petit braille le cri de l'affamé. C'est l'heure de la tétée. Dieu s'est fait homme et Dieu a faim, Dieu a sali sa première couche. Et Marie demande à Joseph s'il ne pourrait pas lui trouver une dame pour l'aider.

Elle se sent malhabile et courbatue. Joseph s'en va chercher de l'aide. Passé l'étable et la campagne gelée, il arrive devant une grande maison de marbre où s'affairent des servantes. Il explique, il demande. Valets et servantes s'esclaffent. Dans une étable ! Joseph, fatigué, va pour partir, quand la fille de la maison vient vers lui. Elle est belle et tranquille. Elle lui parle. Elle l'écoute, puis, désolée, elle soulève ses bras. Ils sont sans mains. Elle n'a que des moignons au bout des poignets. Elle s'en excuse, car de tout cœur elle aurait aimé venir, mais que faire sans mains !

Joseph la prie :

– Ah, venez, venez quand même, votre bon vouloir consolera ma femme.

Alors elle le suit, après avoir pris soin de se faire hisser sur les épaules un joug à deux seaux, l'un plein d'eau fraîche, l'autre de lait.

Quand ils arrivent, l'Enfant lui sourit, lui tend les bras, et elle, posant ses seaux, court à lui pour le prendre dans ses bras. Et voilà qu'au bout, là tout contre le corps du poupon, comme une paire d'ailes s'agitent deux mains toutes blanches, bien à elle et pour toujours.

Finir en mourant

À quatre-vingt-dix-huit ans, Bianca raconte :

À cent ans et quatre mois, ma grand-mère est morte. Elle a été malade parce qu'elle a trop mangé de la *polenta de castagna*, de la purée de châtaigne. On avait attendu que le docteur vienne mais il ne passait en carriole qu'une fois par mois.

Quand il arrive, ma grand-mère lui demande :

– Alors, Joseph, dis-moi comment c'est.

– Écoute, Bepina, tu as passé cent ans, tu as bien fait ton temps. Maintenant il faut partir. On boit quelque chose ?

Grand-mère Bepina s'est bien assise sur ses oreillers. Puis elle m'a dit :
– Fille, va chercher le vin de ma naissance. Le vieux muscat.
J'ai apporté la bouteille, pleine de poussière, et les tasses. On était pauvres. Excusez mais on n'avait pas de verres.
Je les ai remplies. On a trinqué. Bepina a bu. Elle s'est régalée. Le verre fini, elle s'est mieux assise et elle a dit :
– Bon ! Allez ! Au revoir ! Moi j'attends pas !
Et elle est morte. Qu'est-ce que vous voulez ? On n'allait pas pleurer ! Alors on a fini la bouteille et on a fait la fête !

Moi, ma bouteille est prête. Tu sais où elle est, Petit ! Tu mettras ta musique, bien fort pour que je l'entende.

Crédits photographiques

Archives Seuil : 1, 2, 16, 21, 33, 69, 81, 83, 96, 99, 111, 114, 126, 137, 145, 146, 165, 172-173.
BNF : 6-7, 10, 14, 23, 25, 26, 30, 39, 44, 49, 55, 59, 86, 94, 102, 131, 149, 155, 169.

Direction artistique : Valérie Gautier
Conception graphique : Bernard Pierre
Iconographie : Karine Benzaquin
Suivi de fabrication : Charlotte Debiolles

Photogravure : Arts Graphiques du centre, Saint-Avertin
Impression : Mame Imprimeurs, Tours
Dépot légal : janvier 2004-N° 62845-4 (08062033)

Gardez ce livre auprès de vous.
Ouvrez-le de temps en temps,
comme on rend visite à un ami.
Et si vous avez besoin d'un conseil,
d'une lumière sur votre route intime,
demandez-lui, par simple jeu.
Fermez les yeux.
Ouvrez le livre.
Ouvrez les yeux.
Remerciez qui vous voulez.